FOLIO

Collecti

Bruno
Maître de
à l'Univers
la Sorbonne

CW01004035

Raymond Queneau

Les fleurs bleues

par Jean-Yves Pouilloux

Jean-Yves Pouilloux

présente

Les fleurs bleues

de Raymond Queneau

Gallimard

Jean-Yves Pouilloux est maître de conférences à l'Université Paris-VII et se consacre à la littérature du XVIᵉ siècle et à la littérature contemporaine (Paulhan, Perec, Ponge...).

Le dossier iconographique a été réalisé par Nicole Bonnetain.

Cette étude a reçu l'aide et l'amitié de Mary-Lise Billot, Yves Bouveret, Alain Calame, Élisabeth Costa, Dominique de Libera, Pierre Getzler, Patrick Hochart, Laurent Jenny, Pierre Macherey et Pierre Pachet.

Elle est dédiée à la mémoire constamment présente de George Perec.

Raymond Queneau. Ph. Lena/Éditions Gallimard.

I

RAYMOND QUENEAU, UNE FIGURE ÉNIGMATIQUE

1. « Cent quarante-cinq dossiers de notaire, auxquels s'ajoute une impressionnante correspondance » (Cl. Debon, Queneau, *Œuvres complètes*, « Bibliothèque de la Pléiade », p. xxxv).

Lorsqu'il meurt, le 25 octobre 1976, Raymond Queneau est reconnu comme l'un des écrivains majeurs de son temps. Il laisse une œuvre considérable et très variée, dont le public prend peu à peu la mesure, même s'il reste une masse énorme de textes manuscrits encore inédits[1].

L'HUMORISTE

2. Les références aux ouvrages de Raymond Queneau cités renvoient aux éditions en collection « Folio », « Idées » ou « L'Imaginaire ». Pour les titres non repris dans l'une de ces collections, les références renvoient à l'édition courante.

Du personnage, discret et réservé, nous nous sommes fait une image presque officielle : le « père de Zazie ». Et de fait cela semble bien correspondre à toute une lignée d'œuvres, romans ou poèmes, placées sous le signe de l'humour (même si le terme est difficile à définir, et même si Queneau a écrit contre l'humour des textes acerbes). *Zazie dans le métro*[2] a obtenu le Prix de l'humour noir le 31 octobre 1959. Dès ses premiers textes, Queneau fait entendre une tonalité très particulière, à la fois moqueuse, tendre, et au fond assez sombre. *Le Chiendent* (1933, Prix des Deux-Magots) raconte les tribulations bizarres et banales de personnages plus ou moins minables dans un décor de banlieue, c'est un mélange parfois déroutant et presque toujours burlesque : les événements laisseraient plutôt penser à une tragédie et pourtant on sourit, souvent, de la façon drolatique dont tout est raconté. Même atmosphère dans les poèmes, à la fois cocasses et tristes, comme on sourit pour cacher ses larmes ; le plus connu sans doute : « Si tu t'imagines / Si tu t'imagines / fillette, fillette / Si tu t'imagines / xa va xa va xa / va durer toujours / la saison des za / la saison des za / saison des amours / ce que tu te goures / fillette, fillette / ce que tu te goures... » a été chanté par Juliette Gréco en 1949 (« chanson la plus populaire de l'année »). Queneau acquiert rapidement une notoriété certaine, et entre aux Éditions Gallimard où il devient secrétaire général en 1941.

Les romans se succèdent, *Gueule de pierre* (1934), *Odile* (1937, qui évoque entre autres André Breton, non sans ironie), *Chêne et chien* (1937, roman en vers), *Les Enfants du limon* (1938, qui comprend la fameuse « Encyclopédie des sciences inexactes »), *Un rude hiver* (1939), *Pierrot mon ami* (1942), *Loin de Rueil* (1944). Il traduit de l'anglais *Vingt ans de jeunesse* de Maurice O'Sullivan, puis *Peter Ibbetson* de George Du Maurier, roman fascinant dont H. Hataway a tiré un très beau film vu par Queneau en 1935 — nous en reparlerons plus longuement. Des poèmes également, réunis sous le titre *Les Ziaux* (1943), *L'Instant fatal* (1946).

L'INVENTEUR DE FORMES

En 1949 paraissent les *Exercices de style*. On le sait, il s'agit de 99 versions différentes du même micro-événement, chaque version obéissant à un type de contrainte formelle déterminé. Ce livre étrange étend à la prose ce qui constitue la règle acceptée d'un poème, à savoir le respect strict d'une forme fixée à l'avance (négativité, anagramme, aphérèse, permutation de 2 à 5 lettres...). C'est une sorte de gageure en un sens extrêmement artificielle, mais en un autre sens extrêmement féconde et entraînante. Soudain devenait visible une caractéristique de Queneau qui avait pu échapper à l'attention : il est un écrivain très maîtrisé, un inventeur de formes, qu'on peut assimiler à un « nouveau rhétoriqueur ». Par là pouvait prendre place dans la littérature ce qui était un des violons d'Ingres de Queneau : les mathématiques. Publié en 1950, *Bâtons, chiffres et lettres* (désormais noté *B.C.L.*), recueil d'articles écrits à des moments divers, donne de précieuses indications sur ce lien de l'écriture et du calcul. C'est dans cet esprit, qu'un an après la parution de *Zazie*, il fonde, en compagnie de François Le Lionnais, ce qui va devenir l'Ouvroir de littérature potentielle, dit Oulipo. Il s'agit de réunir un certain nombre d'écrivains autour d'une question : poser « les problèmes de l'efficacité et de la viabilité des structures littéraires (et, plus généralement, artistiques) artificielles. L'efficacité d'une structure — c'est-à-dire l'aide plus ou moins grande qu'elle peut apporter à un écrivain — dépend d'abord de la plus ou moins grande difficulté d'écrire des textes en respectant des règles plus ou moins contraignantes » (François Le Lionnais). D'où une exploration systématique des contraintes. Queneau produit ainsi un « livre » intitulé *Cent mille milliards de poèmes*, composé de 10 sonnets construits sur les mêmes rimes, dont chaque vers est imprimé sur une languette autonome, et peut donc entrer en composition avec chacun des autres vers des autres sonnets, soit une possibilité combinatoire de 10^{14} sonnets. Dans la même voie, Georges Perec écrit *La Disparition*, roman de 312 pages qui se prive de la lettre la plus fréquente en français, le *e*, et qui a pour thème la recherche de ce qui a disparu : « un rond pas tout à fait clos finissant par un trait plutôt droit » ; Jacques Roubaud publie ε, recueil construit sur le modèle d'une partie de go... Queneau publie en 1965 *Les Fleurs bleues*, et, en 1975, sous le titre *Morale élémentaire*, des poèmes qui reposent sur une forme fixe inventée par Queneau : « D'abord trois fois trois plus un groupe substantif, plus adjectif (ou participe) [...] ; puis une sorte d'interlude de sept vers de une à cinq syllabes ; enfin une conclusion de trois plus un groupe substantif, plus adjectif (ou participe) reprenant plus ou moins quelques-uns des vingt-quatre mots utilisés dans la première

1. *NRF*, n° 253, janvier 1974, p. 20 ; repris dans *Atlas de littérature potentielle*, Gallimard, « Idées », p. 249.

partie[1]. » Une seconde forme repose sur un agencement des soixante-quatre hexagrammes qui « groupant deux à deux les huit trigrammes obtenus en combinant de toutes les manières possibles les deux énergies primordiales [le yin et le yang] constituent une image complète du monde ». C'est le *Yi-king, le livre des transformations*, dont les Chinois se servaient pour prévoir l'avenir, et où l'on trouve liés un maximum de contrainte mathématique et une interprétation métaphysique de l'univers.

Parallèlement à ces explorations, Queneau dirige l'Encyclopédie de la Pléiade. Parmi les volumes qui attirent particulièrement son attention, citons *L'Histoire et ses méthodes*, dont nous aurons à reparler. Il se consacre également à des travaux mathématiques, et le 29 avril 1968, sa « Théorie des nombres sur les suites s-additives » est présentée à l'Académie des sciences par A. Lichnerowicz. Le dernier texte publié du vivant de Queneau s'intitule *Les Fondements de la littérature d'après David Hilbert* ; c'est une axiomatique de la littérature sur le modèle de la formalisation abstraite à laquelle s'étaient efforcés *Les Fondements de la géométrie* (1899). Et ces préoccupations ne l'empêchent pas de publier trois recueils de poèmes dans le ton familier et humoristique de ses premiers textes : *Courir les rues, Battre la campagne, Fendre les flots*. Une telle fécondité est impressionnante.

JANUS BIFRONS

Elle est aussi énigmatique par l'extraordinaire diversité des textes : où est le « vrai » Queneau ? Est-ce le rêveur tendre, le romancier populiste, le militant acerbe[1], le jongleur de syllabes, le mathématicien épris des « réalités mathématiques », l'érudit caustique, le parolier zazou, le « père de Zazie », le pessimiste sans cesse au bord du désespoir, l'académicien Goncourt, l'amoureux fervent, le fondateur avec Lise Deharme et Boris Vian de l'Académie de la moule poilue, ou le chrétien sincère lecteur de la glose ? Janus bifrons, le dieu romain, n'avait que deux visages, l'un tourné vers le passé et l'autre vers l'avenir. Queneau semble concilier en lui de multiples facettes, et pourtant il écrit dans son *Journal 1939-1940* : « *Pour moi*, un point de départ intéressant, c'est de constater que : je me sens bien le *même* que le Raymond Queneau d'hier, d'il y a 6 mois, d'il y a 1 an, d'il y a 10 ans, d'il y a 20 ans, d'il y a 30 ans — de mon premier souvenir. C'est de cet Ego invariable dont *[sic]* il faut trouver la racine, racine qui est une flamme consumante [...] Cette identité — oui, malgré les " expériences " et la " vie " » (p. 116). Sans doute cette « identité » est-elle particulièrement complexe et difficile à déchiffrer, mais si Queneau prend grand soin de ne pas s'exposer, s'il se tient sur une extrême réserve, cela ne doit pas nous laisser croire pour autant qu'il soit uniquement sarcastique voire cynique. Même si le chanteur comique des Folies Bergère connaît le succès en chantant :

« Quand hon haime hon hest hun imbe-ciiile

hon hécoute que ses sentiments » (*Un rude hiver*, p. 162),
il faut se souvenir qu'il s'appelle Ducouillon, ce qui forme un paradoxe logique du genre « tous les Crétois sont menteurs, dit un Crétois ». *Les Fleurs bleues* nous offrent un paradoxe analogue, il vaut la peine de le déchiffrer.

II   DES MOTS À LA PHRASE

Ce qui frappe d'abord, c'est le canular.

Comme dans *Pantagruel*, on a (on peut avoir) l'impression que l'histoire (la narration) sert de prétexte, plutôt vague, à mettre en scène une suite de bons mots, pas toujours bons d'ailleurs, comme le constate lui-même le duc d'Auge au début du texte. Et il faut bien avouer que ces calembours (dont Victor Hugo disait, dit-on, tout le mal du monde — « excrément de l'esprit ») sont assez misérables. Ils nous renvoient à l'école primaire, plus exactement au temps où nous avons appris l'histoire de France, Charlemagne à la barbe fleurie, Saint Louis sous son chêne, Louis XI et la cage sus-pendue, etc. (comme de juste, nous allons les retrouver ici) ; le temps des culottes courtes (à l'époque) et la cour de récréation, le temps des pauvres blagues sur les noms propres qu'on écorche ou déforme. Et cela commence dès la première page par l'inventaire du paysage où traînent des restes du passé. « Sur les bords du ru voisin, campaient deux Huns » ; la plaisanterie n'apparaît que vaguement encore. Puis viennent les silhouettes « de Romains fatigués, de Sarrasins de Corinthe, de Francs anciens, d'Alains seuls. Quelques Normands buvaient du calva ». Tous les moyens paraissent bons : allusion aux nouveaux francs ou à-peu-près douteux sur les raisins secs. Le bon goût demanderait qu'on en reste là. Mais pas du tout, Queneau persiste, et un examen attentif révèle que les Huns se préparent des stèques *(sic)* tartares, que les Gaulois fument des gitanes, les Sarrasins fauchent de l'avoine, les Francs cherchent des sols... et bien sûr « les Normands buvaient du calva ». Il y aura encore ensuite une troisième variation sur ces mêmes vestiges du passé, du style « résumé des chapitres précédents », avant de commencer pour de bon.

Dans sa chronique de juin 1965, Matthieu Galley parle d'un décor trop évidemment artificiel pour être honnête et note que le récit « puise dans l'*Almanach Vermot* des calembours '' hénaurmes '', d'une agressive indigence ». (« Même le général Vermot aurait pas trouvé ça tout seul », *Zazie*, p. 121. « C'en est encore une que j'ai trouvée dans les Mémoires du

Auto rendez-vous. Chromos et fragments de gravures coloriées sur page de magazine en couleurs. Collage de Jacques Prévert. © Janine Prévert.

« ... Le duc d'Auge finit par s'endormir.

... Il habitait une péniche amarée à demeure près d'une grande ville et il s'appelait Cidrolin. »

général Vermot », *Zazie*, p. 172.) Et il est bien vrai qu'au premier abord on se sent désorienté, pour ne pas dire désarmé, devant de telles calembredaines ; tout le contraire du sérieux. D'autant plus désorienté que rien ici ne paraît tout à fait gratuit, que, par exemple, les variations se font, comme on l'apprend dans les livres de linguistique (voir R. Jakobson, *Six leçons sur le son et le sens*), tantôt selon le son (linceul), tantôt selon le sens (francs-sols ; monnaie = sou), c'est-à-dire les deux axes fondamentaux selon lesquels s'organise le langage. Mais enfin cela ne semble pas une justification tout à fait suffisante, et ces lamentables calembours jouent plus probablement un rôle d'avertissement : que nul n'entre ici s'il n'est prêt à jouer sur les mots ou avec eux. Et, puisqu'on a évoqué Rabelais, rappelons qu'à l'entrée de ses deux premiers romans (*Pantagruel* et *Gargantua*) on trouve aussi des sortes de stèles inaugurales (par exemple, l'énigme en prophétie, les propos des bien yvres, les fanfreluches antidotées [*Gargantua*, II, v], l'inscription mise sur la grande porte de Thélème [*Gargantua*, LIV], généalogies parodiques, etc.) qui pouvaient servir à décourager le lecteur sensé ou sérieux par leur apparente inanité :

« Cy n'entrez pas, hypocrites, bigotz,
Vieulx matagotz, marmiteux, borsouflez,
Torcoulx, badaux, plus que n'estoient les
[Gotz,
Ny Ostrogotz precurseurs des magotz ;

Haires, cagotz, caffars empantouflez,
Gueux mitouflez, frapars escorniflez,
Befflez, enflez, fagoteurs de tabus
Tirez ailleurs pour vendre vos abus. »

(*Gargantua*, LIV)

Cela va même de mal en pis, du calembour on tombe dans l'à-peu-près, très approximatif et pas du plus relevé : « mahomerie », « bouddhoir », « confuciussonnal », « sanct-lao-tsuaire », autant de pauvres mots mal fagotés autour de quelques grandes religions ou philosophies de l'humanité, ainsi ouvertement tournées en dérision, et ce en réponse à une honnête proposition touristique : « Que diriez-vous d'aller voir où en sont les travaux à l'église Notre-Dame ? » Accumulation plaisante, voire cocasse ? Soit. Mais, là encore, cela n'explique pas tout, et on ne voit pas bien pourquoi, après les décombres ridiculisés de l'histoire officielle, ce sont les lieux de culte ou de méditation traditionnels dont on se moque dans le « vestibule » que constituent les premières pages d'un « roman ». Peut-être ici encore faut-il entendre une mise en garde catégorique et discrète, ferme et souriante ; à l'entrée de l'abbaye de Thélème on trouve une inscription en vers, qui à la fois exclut et accueille, interdit aux cagots, bigots et autres hypocrites d'entrer dans l'utopie, et invite au contraire hommes et femmes de bonne volonté et de sens libre à accéder « à plus haut sens ». Dans le texte de Rabelais, il faut laisser à la porte le dogmatisme et les idées préconçues si l'on veut goûter ce qu'il y a à l'intérieur. Est-ce trop chercher à défendre d'indéfendables astuces de potache ? « Tant d'histoire pour quelques calembours, pour quelques anachronismes. Je trouve cela misérable. On n'en sortira donc jamais ? » (*F.B.* 14[1]), dit le duc d'Auge. Essayons, nous verrons bien.

1. On désigne désormais *Les Fleurs bleues* par F.B. suivi du numéro de page dans l'édition « Folio ».

LES DRÔLES DE FAÇONS DE CAUSER

> « Revenez parmi nous ô muses indulgentes
> Et veuillez pardonner à ce petit farceur
> Ses poèmes sont creux ses proses indigentes
> Mais dans tous ses bons mots n'entre aucune noirceur »
> Le Lézard, *Petite cosmogonie portative.*

> « Nous Lézards aimons les Muses
> Elles Muses aiment les Arts
> Avec les Arts on s'amuse
> On muse avec les Lézards. »
> *Les Ziaux*, Pléiade, p. 152.

Recommençons donc. Oui, ce qui frappe d'abord, c'est le canular, l'invention verbale, la fantaisie et l'accumulation systématique. Dans le plaisir (enfantin, dit-on) des énumérations, l'excitation grandit au fur et à mesure que les limites semblent reculer, comme si le « toujours plus fort, mesdames et messieurs, toujours plus grand » donnait une très particulière jubilation associée au tour de force, tenté malgré les difficultés évidentes, et réussi contre toute attente. Rien de plus absurde qu'un numéro d'équilibriste qui risque de se casser le cou en jonglant avec des soucoupes alors que lui-même ne se rattache au sol que par un problématique anneau qu'il tient dans la mâchoire. Et puis voici qu'une à une les assiettes rejoignent leur pile, et l'équilibriste, magiquement retombé sur ses pieds, salue dans le crépitement des applaudissements ; soulagés et aussi un peu déçus que tout se soit si bien passé — quel délicieux frisson nous aurions eu de voir tout s'effondrer... Cette joie équivoque, nous l'éprouvons plus d'une fois ici.

Dès le commencement, lorsque nous faisons connaissance avec l'humeur du duc d'Auge, « son humeur qui était de battre. Il ne battit point sa femme parce que défunte, mais il battit ses filles au nombre de trois ; il battit des serviteurs, des servantes, des tapis, quelques fers encore chauds, la campagne, monnaie et, en fin de compte, ses flancs » (*F.B.*, 14), nous avons l'impression de parcourir un glossaire des expressions communes à l'article « battre ». (Sur le même modèle, on trouve, d'Audiberti, l'invocation suivante : « ... vous les épouses qui faites les cuivres, le potage, les enfants, le parquet... » Il est bien sûr plus facile de composer une série de ce type avec le verbe « faire » qu'avec le verbe « battre »... Et l'on qualifie cette figure de « baroquisme » — ce qui semble légèrement péjoratif dans les manuels de rhétorique.) Soit, mais, en même temps, voilà accompli la présentation du duc, veuf et père de trois filles, et ce avec assez de légèreté, de rapidité pour que nous n'ayons pas eu le temps de nous en apercevoir, nous étions pris dans le mouvement. Sans compter quelques modulations qui imposent un rétablissement du lecteur, obligé de suppléer à ce qui n'est pas explicite (le lieu commun : « Il faut battre le fer pendant qu'il est chaud ») ; et ce raccourci ressemble à une invitation à participer, nous savons que, le mouvement une fois lancé, il ne s'arrête pas aisément.

LA RIME ET LA RAISON

Comme Éluard et Soupault avaient, aux beaux jours du surréalisme, fabriqué des *Proverbes au goût du jour*, Queneau déclare : « Je ne reculerai même pas à l'occasion devant l'homologation des pataquès, cuirs, velours, impropriétés, janotismes, quiproquos, lapsus, etc. Il y a peu de fautes stériles. *Pipe en écume de mer* est plus '' poétique '' que *pipe de Kummer* (à supposer que cette étymologie soit la bonne) et pourquoi ne pas entériner (intériner) l'*huile d'Henri V* ou *l'alcool de Rigolès* ? » (*B.C.L.*, p. 69). Ici le bon peuple de Paris tout crédule et niais se met à créer une burlesque sagesse à la mode du temps :

« Animal qu'a parlé, âme damnée.

— Si le coq a ri tôt, l'haricot pue trop.

— Quand l'huître a causé, l'huis est très cassé.

— À poisson qui cause, petit cochon peu rose.

— Si bêle le zèbre ut, voilà Belzébuth.

Et autres proverbes de vaste salaison

issus du fin fond aussi faux que lorique de la sapience îlde françouèse » (*F.B.*, 24-35).

À les entendre d'un peu loin, d'une oreille vague comme dans la fièvre, ces « proverbes » valent bien telle ou telle variation — phonétique — du type « pierre qui roule n'amasse pas mousse » ou « araignée du matin, chagrin ; araignée du soir, espoir ». Et si le sens y paraît un peu saugrenu, le jeu de mots trop évidemment premier, ce n'est guère qu'une question de degré. La majeure partie des dictons — en particulier sur le temps, les saisons ou les récoltes (du style « S'il pleut à la Saint-Médard, / Il pleut quarante jours plus tard / À moins que la Saint-Barnabé / Ne lui coupe l'herbe sous le pied ») — ont plus de rimes que de raisons. Quoique... après tout, peut-être notre vieille sagesse n'a-t-elle de sens que par la mesure des phrases, leur nombre, leur rythme et leurs assonances ; et peut-être « À bon chat, bon rat » vaut-il surtout par une forme encore élémentaire mais efficace de répétition sonore. Allons un tantinet soit peu plus loin : dans la citation ci-dessus (*F.B.*, 34-35), on parle du « fond aussi faux que lorique de la sapience », etc., rires (un peu crispés) des autorités académiques. Or, ce « faux que lorique » vient aussi, bien sûr, pour se moquer (sans méchanceté) des almanachs du père Benoît et autres trésors de l'expérience agricole et rurale, dont on sait qu'ils servent à beaucoup de choses — entre autres à justifier le temps qu'il a fait, mais rarement à prévoir (juste) le temps qu'il va faire. Nous vivons, semble-t-il, dans une relation magique avec les mots et avons une propension invétérée, persistante, à leur accorder crédit. S'ils s'assemblent ainsi, pensons-nous, il doit bien y avoir une raison ; raison naturelle de préférence. Nous sommes disposés à croire qu'ils disent quelque chose *du* monde, que le langage ne trompe pas. Queneau se contente de grossir un peu, d'exagérer, à la limite de l'absurde, entre sens et non-sens (« À poisson qui cause » ← muet comme une carpe, « Quand l'huître a causé » ← fermé comme une huître, et le coq qui, dans l'Évangile, chante [cocorico] quand Pierre, le disciple qui se proclamait la fidélité même [bref un fayot = haricot − rime avec cocorico] a trois fois renié son maître). Dans *Un mot pour un autre* (J. Tardieu, 1951), on trouve : « Tel qui roule radis, pervenche pèlera ! » Et tout devient à la fois justifié et arbitraire, en même temps. C'est au lecteur de faire son choix, à lui de jouer en quelque sorte, et le texte apparaît bien souvent comme une provocation malicieuse, et systématique, à se lancer soi-même dans la fantaisie.

" DE QUELQUE CALEMBOUR NAÎT SIGNIFICATION[1] "

1. R. Queneau, *Petite cosmogonie portative*, III, 128.

L'incitation à la débauche verbale ne recule devant aucun moyen, et l'à-peu-près pousse et s'épanouit ici comme sur une terre d'élection. Tout un système d'assonances est quasi constamment à l'œuvre pour nous dérider le front et déplisser la glabelle (pour ce mot, voir *F.B.*, 52 et lexique). Quelques exemples — dialogue entre la Canadienne peau-rouge et campeuse et Cidrolin : « Je sommes iroquoise, dit-elle, et je m'en flattons. — Il y a de quoi. — C'est de l'ironie ? — Non, non. Ne mettez pas d'ire au quoi » (*F.B.*, 38) — où le jeu sur les sons ressemble à la fois à un exercice drolatique et à une de ces tentatives de recherche étymologique dont la sagesse des nations a le secret : ainsi les Francs sont-ils dit « sournois » par antiphrase (*F.B.*, 15) puisque la nature du Franc... est la franchise, cela va de soi. Sans compter l'équivoque sur les « francs » tournois (monnaie frappée à Tours). On pourrait croire qu'il s'agit de faire signifier aux mots ce que leurs sons évoquent, au-delà d'une traduction directe : ainsi dans *Zazie*, « le buffet genre hideux » (*Zazie*, p. 108), équivoque qui dit bien l'esthétique calamiteuse de l'inévitable buffet Henri II. Est-il question des risques courus lors de la croisade et des fièvres dont on peut mourir (comme Saint Louis par exemple), et le duc d'Auge, qui ne veut pas y retourner, s'écrie avec vigueur : « Mais c'est foutu, pauvre faraud ! On va encore prendre un chaud-froid de bouillon » (*F.B.*, 55), fine et vaseuse allusion au fameux Godefroy du même nom dont se sont moquées des générations d'écoliers. Évoquant les théories astronomiques et très probablement le triste sort de Galilée (ici Timoleo Timolei), l'abbé Riphinte condamne l'hérétique doctrine du Polonais Copernic qui, comme on s'en souvient, proposa pour la première fois d'imaginer que la Terre tournait autour du Soleil et non l'inverse, et eut la bonne idée de mourir l'année même où son ouvrage fut publié, échappant ainsi aux foudres de l'Église (1543). Esprit rebelle comme d'habitude, le duc d'Auge commente (« distraitement ») : « Copernic soit qui mal y pense » (*F.B.*, 151), sur le modèle de « Honni soit qui... », la devise de la couronne d'Angleterre.

On retrouve dans les productions de l'Oulipo quelques développements systématiques de ce foisonnement phonique, notamment *La Cantatrice sauve*, ensemble de variations sur le nom de Montserrat Caballé (Bibliothèque oulipienne).

« COMME SON NOM L'INDIQUE »

C'est naturellement dans les noms propres que la fantaisie — apparemment débridée — se donne le plus libre cours. Puisque nous sommes dans un monde sans lois autres que le bon plaisir (c'est en tout cas ce qui nous est suggéré), lieux et personnes reçoivent des noms cocasses propres à nous faire sourire (on l'espère du moins). Les personnages sortent de l'ordinaire : Cidrolin et ses trois filles, Bertrande, Sigismonde et Lamélie ; le duc d'Auge et les siennes, Pigranelle, Bélusine et Phélise (ce qui fait tout de même « vachement » plus distingué, autant qu'Arthémise et Cunégonde, les filles Fenouillard, mais avec un

Les Rois fainéants. Dessin de Job paru dans : « Jouons à l'histoire », texte de Montorgueil. Ancienne librairie Furne, Paris. Ph. Éditions Gallimard.

« Le vingt-cinq septembre douze cent soixante-quatre, au petit jour, le duc d'Auge se pointa sur le sommet du donjon de son château pour y considérer, un tantinet soit peu, la situation historique. Elle était plutôt floue. Des restes du passé traînaient encore, çà et là, en vrac. »

petit air de dire autre chose). Les deux Oné-siphore, Biroton le chapelain et Biture le bistro, et les frères Empoigne, Mouscaillot (entre moussaillon, mouscaille, merdaillon et autres) et Pouscaillou (plus proche d'une fameuse liqueur béarnaise, dite chasse-pierre), sans compter la toute nouvelle duchesse Russule, aussi éphémère qu'un champignon, ni l'apparition (véritable et heureuse) Lalix.

Les comparses ne sont pas tristes non plus, en particulier La Balance, dont le nom renvoie sans doute au symbole de la Justice, mais aussi, en argot classique, signifie la dénonciation, la délation, ce qui permet de comprendre sa mort (« Judex » est aussi qualifié d'emmerdeur et d'assassin).

À part, ou faisant semblant de l'être, deux individus doués de parole (et comment !) circulent au fil de l'histoire : Sthène et Sthèphe, deux chevaux pas ordinaires. Le premier, Démosthène, ainsi nommé « parce qu'il parlait, même avec le mors entre les dents » (*F.B.*, 14), comme l'orateur attique s'entraînait à parler avec des cailloux dans la bouche ; le second, Sté-phane, « ainsi nommé parce qu'il était peu causant » (*F.B.*, 15) (voir le martyre du saint).

Quant aux noms de lieux (dits topo-nymes, et dont chacun a entendu dire un jour ou l'autre qu'ils ont une signification particulière), ils paraissent relativement anodins et réalistes — Pont-de-l'Arche existe en effet dans la réalité, en Normandie sur la vallée de la Seine (« La vice-royauté de Pont-de-l'Arche, c'est-à-dire la Normandie tout entière », *Vingt ans après*, chap. xcvi, p. 1101), de même que la capitale avec les tours de Notre-Dame, Saint-Germain-l'Auxerrois ou la tour Eiffel, ou encore, en Dordogne, Plazac, Montignac, Tayac ou Rouffillac. Oui, mais où précisément situer Sarcellopolis, dont Onésiphore a été nommé évêque *in partibus*, mais « ignore totalement où se trouve son évêché, et il n'a nul besoin de le savoir puisqu'il n'aura jamais à s'y rendre » (*F.B.*, 120) — c'est la définition même d'évêque *in partibus* — et le situe vaguement en Asie Mineure (« Aux mains des Ottomans alors ? »), ce qui devrait faire sourire quelques habitants de la banlieue parisienne ?

Mieux encore, à quelle hauteur placer « Saint-Genouillat-les-Trous, gros bourg situé dans le Vésinois non loin de Chamburne-en-Basses-Bouilles » (*F.B.*, 178), sinon dans un monde où rôde la contrepèterie que, sans avoir l'esprit particulièrement grivois, on aurait une pente naturelle à placer au-dessous de la ceinture. Nous sommes bien dans un univers composite, mi-réel, mi-fantastique, où se mêlent en proportions variables des bouts de réalité géographique et des éléments de topographie burlesque.

SOUS LA BLAGUE, LA LANGUE

1. LE NÉO-BABÉLIEN

On s'aperçoit vite que les plaisanteries cocasses sont moins gratuites qu'on pourrait le croire au premier abord. Ainsi, certains jeux verbaux renvoient directement à des querelles d'actualité sur la pureté de la langue française et notamment sa contamination par l'anglais. Visiblement, Queneau prend un malin plaisir à se moquer des puristes qui protestent contre le « franglais ». Dans *Zazie* déjà, on a le curieux dialogue : « Male bonas horas collocamus si non dicis isti puellae the reasons why this man Charles went away. — Mon petit vieux, lui répondit Gabriel, mêle-toi de tes cipolles. She knows why and she bothers me quite a lot. — Oh ! mais, s'écria Zazie, voilà maintenant que tu sais parler les langues forestières » (*Zazie*, p. 92). Ici, le couple de campeurs et Cidrolin font la conversation dans un étonnant sabir, qui demande une certaine agilité linguistique pour être compris : « Esquiouze euss, dit le campeur mâle, mà vie sind lost. — Bon début, réplique Cidrolin. — Capito ? Egarrirtes... lostes. — Triste sort. — Campigne ? Lontano ? Euss. smarriti... — Il cause bien, murmura Cidrolin, mais parle-t-il l'européen vernaculaire ou le néo-babélien ? » (*F.B.*, 19).

Queneau n'avait pas attendu la condamnation du franglais pour en fabriquer dès son premier roman (*Le Chiendent*, 1933), le postier s'appelle « le briffe-trégueur » ; dans *Un rude hiver* (1939), on parle de « coboua » (ou cobouille) », devenu « coboille » dans *Zazie* (p. 149). Et même des créations « mixtes » comme « adulte-nappigne » (*F.B.*, 249) sur le modèle de « guidenappeurs » ou « quidnappeurs » de *Zazie*. On se rappelle les « bloudjinnzes » de *Zazie* à l'époque où l'anglais était encore une langue vraiment étrangère, ou encore « apibeursdè touillou », « slipe-tize » et autres transcriptions cocasses et « berlitz-couliennes ». « J'aurais voulu être gueurle, dit Lalix. Je danse pas mal et je suis bien balancée » (*F.B.*, 184). Et ces variations orthographiques rappellent les diverses graphies qu'on peut voir dans les boucheries, du bifteck au beefsteak avec toutes les versions intermédiaires. Bien sûr, cela fait sourire, mais c'est ainsi que nous pouvons voir les choses autour de nous — et les Anglo-Saxons s'étonnent de nos sweat-shirts ou de notre jogging.

Queneau nous surprend peut-être, mais, en l'occurrence, il invente à peine. Il écrit comme nous parlons, une langue que nous reconnaissons tout juste, et pourtant c'est la nôtre.

2. LE NÉO-FRANÇAIS

Queneau donne trois raisons à sa passion pour le français parlé. « Je pense que tout dut commencer avec des journaux comme *L'Épatant* avec leurs *Pieds nickelés* » (« Écrit en 1937 », dans *B.C.L.*). La langue des bandes dessinées semble intermédiaire entre une forme « standard » de phrases orales et des expressions argotiques relativement courantes. Ce mélange à la fois « livresque » (Jehan Rictus, Bruant) et parlé donne une tonalité très particulière à tout un ensemble d'œuvres, poèmes (*Si tu t'imagines*, par exemple, ou Prévert), romans (ceux de Queneau, Dabit ou Mallet) et aussi films (ceux de Marcel Carné entre autres). D'un coup, c'est toute une époque qui est évoquée, celle de *Quai des brumes* ou de *Hôtel du Nord*, avec l'inimitable accent d'Arletty ou de Gabin, dans une atmosphère typiquement parisienne-à-la-limite-de-la-banlieue — Belleville-Ménilmontant ou Suresnes-Puteaux. C'est aussi un mélange historiquement très daté (de l'entre-deux-guerres à la fin des années 50) et qui pour nous, aujourd'hui (1990), a, en plus de sa poésie propre, une sorte de charme un peu désuet.

Ce fut ensuite la lecture d'un livre fondamental pour Queneau (et pas seulement pour lui d'ailleurs), *Le Langage. Introduction linguistique à l'histoire*, de J. Vendryes, dans la collection « L'Évolution de l'humanité ». La même lecture est invoquée par A. Boudard dans la brève notice biographique placée en tête de *La Méthode à Mimille* (en collaboration avec Luc Étienne, pataphysicien et oulipien). L'ouvrage est dédié à « R. Queneau, orfèvre ». On y trouve (p. 29) une définition de l'argot empruntée à Denise François, « Les argots », Encyclopédie de la

Pléiade, vol. XXV, *Le Langage* : « Nous parlerons d'argot quand, dans le cadre d'une langue commune, existe, créé à des fins crypto-ludiques, un vocabulaire partiel, qui double sans l'évincer le vocabulaire usuel. » Un des charmes de *La Méthode à Mimille* réside dans le contraste entre les formules argotiques ultra-robustes et les traductions en français ultra-distingué et pudique (les leçons 96 à 98 sont empruntées à Boris Vian, la leçon 89 est extraite de Zazie). Le livre de Vendryes fait preuve d'une grande liberté d'esprit et même d'une audace peu conforme à l'image qu'on se fait d'un savoir académique. Queneau en relève divers passages (voir *B.C.L.*) qui ont essentiellement trait soit aux mots eux-mêmes (morphologie et orthographe), soit à leur disposition à l'intérieur de la phrase : Vendryes note l'évolution de la forme interrogative « Pierre aime-t-il ? » vers un *-i* sans prononciation du *l* (comme dans fusil), d'où la constitution d'une forme *-ti* qui joue le rôle d'une particule interrogative valable non seulement pour la troisième personne, mais pour les autres (» j'aime-ti », cite Vendryes, « j'y vas-ti, j'y vas-ti pas », dit l'expression populaire). Autre mutation, le *-s* de pluriel devant une voyelle devient *-z*, d'où la confection de mots comme z-hommes, z-œufs, z-arbres ou z-yeux (qui donne lui-même naissance au verbe zyeuter). On se rappelle dans *Zazie* : « Vous feriez mieux d'aller garder vozouazévovos » (p. 112) et « À moi-z-aussi il m'a parlé » (*F.B.*, 51).

Mais, à l'évidence, ce qui a le plus marqué Queneau concerne l'ordre des mots dans la phrase. « L'ordre logique dans lequel s'enchâssent les mots de la phrase écrite est toujours plus ou moins disloqué dans la phrase parlée. Appartiennent à la langue écrite des phrases comme : " Il faut venir vite ", " Quant à moi, je n'ai pas le temps de penser à cette affaire ", " Cette mère déteste son enfant " ; mais dans la langue parlée, neuf fois sur dix, elles auraient une forme toute différente : " Venez vite ! ", " Du temps, voyons ! est-ce que j'en ai, moi, pour penser à cette affaire-là ! ", " Son enfant, mais elle le déteste, cette mère " » (Vendryes, p. 172). Or, traditionnellement, les romans comportent des dialogues dont le moins qu'on puisse dire est qu'ils sont « écrits », les prononcer à haute voix est presque impossible ; et, à l'inverse, la transcription d'un dialogue enregistré a toutes chances de rendre tout à fait perplexes les lecteurs, et plus encore les participants, au point même de paraître incompréhensible. Dans un texte de 1955 (« Écrit en 1955 », *B.C.L.*, p. 90), Queneau cite une lettre d'Alejo Carpentier, l'un des plus grands écrivains du XXe siècle et qui s'est beaucoup occupé de radio : « [...] la conversation a un rythme, un mouvement, une absence de suite dans les idées, avec, par contre, d'étranges associations, de curieux rappels, qui ne ressemblent en rien aux dialogues qui remplissent, habituellement, n'importe quel roman [...] Il y a dans le parlé quelque chose de beaucoup plus vivant, désaxé, emporté, avec des changements de mouvements, une syntaxe logique qui n'a jamais été saisie dans la réalité ». La plupart des dialogues des *Fleurs bleues* (en tout cas ceux qui se passent en 1964) ont cette allure rompue, une syntaxe inhabituelle dans la langue écrite et une légèreté si proche de la conversation réelle — où les phrases ne se terminent presque jamais, où les verbes manquent souvent, où l'essentiel n'est pas dit, exprimé, mais sous-entendu, suggéré par la rencontre des deux ou trois personnes qui parlent. Il arrive même que les interlocuteurs suivent chacun son fil dans deux suites parallèles sans s'écouter, et puis tout à coup se rejoignent par une sorte de rupture logique qui correspond bien à ce qui se passe réellement, mais non à ce qui devrait se passer selon les habitudes de la fiction (cf. *F.B.*, 51-52, 218-220).

En fait, cette disposition des mots qui appartient naturellement au dialogue, à la transcription d'une conversation, Queneau l'a utilisée dès *Le Chiendent* non seulement dans les dialogues, mais aussi dans ce qu'on appelle classiquement le récit. Entre cent autres exemples : « Ça c'est vrai, pour une noce, ça c'est une noce. Tout le monde n'est pas de cet avis cependant ; Thémistocle, par exemple, trouve que ça manque de jeunes filles, Mme Pic juge l'assistance plutôt vulgaire, et son époux espérait un menu plus copieux. Mais qui songerait à exiger que la noce d'une serveuse de bistrot de banlieue soit aussi reluisante que celle d'une prinsouesse ? » (p. 281). Queneau s'ingénie même parfois à écrire des phrases qui semblent pasticher son propre style. Dans *Un rude hiver* (1939) : « Car les Havrais, Dieu, en qui elle ne croyait pas, pour ce qui était de l'intelligence, à son idée à elle, il les avait bien mal servis » (p. 20). Ou, plus provocateur encore puisque c'est la première phrase du roman : « Il ne se doutait pas que chaque fois qu'il passait devant sa boutique, elle le regardait, la commerçante, le soldat Brû » (*Le Dimanche de la vie*, 1951, p. 11). Cette extension de la forme « dialogue » à tout le roman (récit ou description compris) donne une sonorité tout à fait particulière à l'ensemble du texte, tonalité d'une parole familière, pleine de gouaille, de légère rigolade malicieuse, une parole « popu » en quelque sorte.

Évidemment, le risque, quand on est bourgeois soi-même, c'est le « faire comme » le peuple. Queneau cite une phrase de Péguy (ou de Victor Hugo) : « Étant peuple, je n'exècre rien tant que de le faire à la populaire. » Il me semble que, par une sorte de grâce assez miraculeuse il faut dire, Queneau échappe à ce « faire comme » ou « faire à la populaire ». Cela vient sans doute de ce qu'il ne tient pas particulièrement à passer pour un prolétaire, à ce qu'il cherche avant tout à échapper à une forme de langue morte, le français A.F. (Académie française, pas Action française bien sûr, quoique...), et à permettre à son texte aussi bien qu'à son lecteur la plus grande liberté possible. Le plus grand plaisir.

3. L'EXEMPLE GREC, LE MIRAGE GREC

Cela tient aussi, et c'est la troisième raison qu'il donne, à ce que Queneau a une vision de la langue très particulière. De juillet à novembre 1932, Queneau séjourne en Grèce où il découvre un pays écartelé entre deux langues : la « catharevousa », qui maintient la plupart des structures syntaxiques du grec ancien, qui n'est quasiment plus parlée et même incompréhensible à la très grande majorité des habitants, et le « démotique », où les déclinaisons ont disparu, les formes verbales sont simplifiées, qui est devenu la langue « naturelle ». Cette expérience a manifestement beaucoup frappé Queneau, il y revient à plusieurs reprises, et il a pensé que l'évolution historique de la langue française allait suivre le même chemin. La différence, déjà perceptible, entre français écrit et français parlé allait s'accentuer, et, selon toute probabilité, le français écrit devait se scléroser en langue morte (ce que Queneau appelle l'ancien français, c'est-à-dire la langue académique) à brève échéance, et donc disparaître. Ce pronostic audacieux (1937) était sans doute un peu aventuré, en tout cas prématuré. On peut imaginer ceci : ce n'est pas seulement par souci de soutenir une thèse de linguistique que Queneau tient cette position (« Dans toutes les langues occiden-

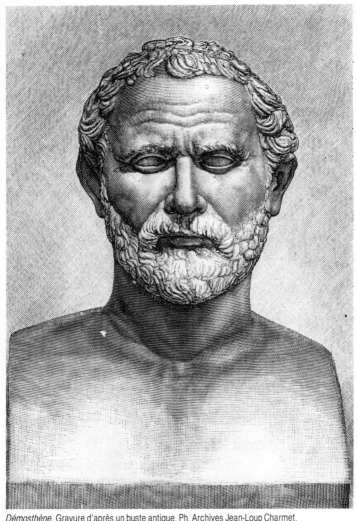

Démosthène. Gravure d'après un buste antique. Ph. Archives Jean-Loup Charmet.
« Parle mon brave Démo, dit le duc affectueusement...
... Est-ce que j'aurai ma statue, moi aussi ? demanda Stèphe. Il la mériterait dit Sthène... »

tales, il y a primordialité du langage parlé sur le langage écrit. Et les crocheteurs ont toujours raison », *Volonté*, n° 19, juillet 1939). Le mot « crocheteurs » éveille immédiatement un écho du côté de l'art poétique. Dans le même article, on lit :

« Le langage populaire est le terreau qui permet les plus hautes œuvres.

« Et naturellement, on pense à Malherbe. On connaît l'anecdote. Elle est racontée par Racan dans sa *Vie de Malherbe* : " Quand on lui demandait son avis sur quelque mot français, il renvoyait ordinairement aux crocheteurs du Port au Foin, et disait que c'étaient ses maîtres pour le langage ".

« Il disait aussi qu'" un bon poète n'était pas plus utile à l'État qu'un bon joueur de quilles ".

« Il mettait à sa façon un bonnet rouge au dictionnaire comme Hugo, mais il eût sans doute trouvé délirant que le poète se plaçât à la tête des peuples et s'en prétendît le conducteur » (*Le Voyage en Grèce*, p. 183).

En invoquant cette figure classique, Queneau tente de légitimer sa propre pratique d'écriture — bien sûr, il retrouve sur son chemin le *Voyage au bout de la nuit* de L.-F. Céline — et il justifie par un appel à la tradition une triple réforme, dans le lexique, la syntaxe et l'orthographe, pour libérer la langue des conventions qui la sclérosent. Ainsi, les à-peu-près, jeux homophoniques ou équivoques étymologiques, les acclimatations de mots étrangers ou les phrases interrompues et en apparence « incorrectes » certes sont là pour faire sourire, mais elles relèvent d'une conception de la langue qui est aussi une esthétique. Un exemple, tiré du *Chiendent* (1933) : « D'abord, son frère Saturnin avait poussé les hauts cris : jamais d'la vie é n'irait voir Meussieu Narcense. Qu'est-ce qu'elle lui voulait ? De quoi qu'é s'mêlait ? Ek cétéra, ek cétéra... » (p. 169).

L'expérience de la langue grecque a même donné à Queneau des accents graves et passionnés relativement inattendus — ou en tout cas légèrement discordants par rapport à son image habituelle. Il écrit : « Un langage nouveau suscite des idées nouvelles et des pensers nouveaux veulent une langue fraîche », où l'on reconnaît un écho de Chénier (« pensers nouveaux, vers antiques »), comme s'il s'agissait d'animer une nouvelle querelle des Anciens et des Modernes (« Connaissez-vous le chinook », *B.C.L.*, p. 63).

L'ORTHOGRAPHE

L'un des points essentiels de la réforme était l'orthographe ; sujet qui ressemble au monstre du loch Ness et passionne évidemment les esprits si l'on en juge par l'ébullition récente (1990) en réaction aux très timides réformes proposées par les autorités gouvernementales. Je dis « timides » en comparaison de ce que Queneau proposait en 1937. Il constate, après tant d'autres, l'illogisme de l'orthographe académique, illogisme double : 1° des sons identiques sont transcrits dans des graphies différentes (saut, sceau, sot) — et alors, si la différence graphique sert à distinguer des significations différentes, pourquoi écrire « son » à la fois le possessif et les substantifs ? — ou des graphies identiques donnent lieu à des prononciations différentes (respect, suspect — cet exemple donné par Queneau pose d'ailleurs question —, ou abdomen/examen) ; 2° l'orthographe ne retrace pas toujours l'origine étymologique du mot (contrairement à ce qu'on prétend parfois) — exemple : « poids » qui s'écrit avec un *d* parce qu'on l'a cru dérivé de *pondus*, alors qu'il vient en réalité de *pensum*, « ce qui est pesé », ou « legs » qu'on a artificiellement fait venir de *legatum*, « ce qui est légué », alors qu'il vient de « lais », « ce qui est laissé ». (Émile Littré avait publié, en 1880, un petit livre intitulé *Pathologie verbale*, dans lequel il recueillait toute une série de termes « irréguliers » soit pour la graphie, soit pour le sens). C'est assez dire que l'orthographe officielle n'est pas fondée en raison mais en usage, et, dans un petit ouvrage malicieux sur la question, *La Preuve par l'étymologie*, J. Paulhan notait : « Meillet proposait vers 1930 que l'Académie des inscriptions et belles-lettres rejetât sans les examiner toutes communications touchant l'étymologie. C'est ainsi que l'Académie des sciences traite les mémoires touchant la quadrature du cercle » (Meillet et Vendryes ; sur la deuxième question, voir l'*Encyclopédie des sciences inexactes* et en particulier *Les Enfants du limon*, chap. XXXIII, XXXV, XLIV-XLVI...). D'où l'apparent sophisme : « Après tout, dit-il, la France qu'est-ce que c'est ? La France ? C'est le pays des Francs. Qu'est-ce que c'était que les Francs ? Des Allemands. Au fond le mot France est synonyme du mot Allemagne. Curieux hé ? » (*Un rude hiver*, p. 131).

Si donc l'orthographe actuelle ne se justifie en rien, pourquoi ne pas carrément adopter une transcription phonétique, où des sons identiques seraient toujours représentés par la même graphie, quelles que soient leur origine, leur position ou leur fonction. Et Queneau propose l'échantillon suivant : « Mézalor, mézalor keskon nobtyin ! Sa dvyin incrouayab, pazordinèr, ranvèrsan, sa vouzaalor indsé drôldaspé dontonrvyin pa. On lrekonê pudutou, lfransê, amésa pudutou, sa vou pran toudinkou unalur ninversanbarbasé stupéfiant... » (« Écrit en 1937 », *B.C.L.*, p. 22). Bien sûr, c'est une provocation ironique, et qui, si on cherche à analyser les phonèmes, n'a pas beaucoup plus de rationalité que l'orthographe officielle. Queneau caricature (voir « ninversanbarbasé », invraisemblable assez, avec *n* « de liaison » injustifié, vrais → *vers*, bla → *bar*, ble → *b*). Soit, mais l'essentiel est ailleurs : « Jérlu toudsuit cé kat lign sidsu, j'épapu m'anpéché de mmarer. Épui sisaférir, tan mye : j'écripa pour anmiélé lmond. »

Mais dès ce moment Queneau sait pertinemment qu'un texte ainsi transcrit change tellement les habitudes prises qu'il est inimaginable d'en déchiffrer quelques lignes — et même cela demande une certaine aptitude à résoudre les devinettes ; il est tout à fait évident qu'un livre entier écrit pseudo-phonétiquement a toutes chances de décourager la lecture. Il le sait, et pourtant il réclame de droit d'essayer... droit qu'on lui a donné (l'éditeur et les lecteurs) sans trop de réticences.

Si « on » le lui a accordé, c'est aussi qu'il a eu beaucoup de prudence dans sa tentative. Et qu'il a seulement saupoudré de « néo-français » certains de ces textes. Dans *Zazie* par exemple (le plus « contaminé » des textes en prose), la graphie « phonéti-coquenienne » reste extrêmement discrète et se limite à quelques formules bien connues : « Doukipudonktan » ou « Lago-çamilébou ». Nous sommes loin de la révolution dans le dictionnaire.

La grave réforme de la langue française n'est visiblement plus à l'ordre du jour. En juin 1970, Queneau constate — sans dépit ni regret — que la thèse d'une victoire éclair du français oral sur le français A.F. (ici, ancien français), « cette thèse que je me suis plu à soutenir à plusieurs reprises il y a une vingtaine d'années, ne me paraît plus aussi bien fondée » (« Curieuse évolution du français moderne », *L'Express*). Cela ressemble à un renoncement désabusé, et pourtant *Les Fleurs bleues* sont truffées de « dysorthographies » cocasses et non systématiques, au contraire surprenantes. Elles interviennent non pour réformer la langue française, mais, de toute évidence, pour faire sourire ou rire. Les céhéresses ni les houatures n'engendreront la mélancolie. Pas plus que les « douas », les « stèques » ni « tu ne feras jamais tèrstène » (*F.B.*, 177) ou « Stèfstu esténoci » (*F.B.*, 102) — qui sonne comme un écho de *Zazie* (« Ltipstu et Zazie reprit son discours », p. 54). Rien de systématique, donc, et une intention délibérément comique.

PETITE HISTOIRE D'X

Quoique... Il existe (ek-siste, aigue-siste, etc.) dans l'alphabet au moins une lettre étrange, la vingt-quatrième ou la dix-neuvième consonne : *x*[iks] qui sert à noter [ks] (lynx) ou [gz] (exemple) ou [z] (deuxième) ou encore [s] (soixante), bref une lettre caméléon. Si l'on ajoute que monsieur Tout-le-monde (un être plat) est un monsieur X, qu'en algèbre x est une inconnue, qu'un X est polytechnicien et que, si on le passe aux rayons X, on peut voir ses intérieurs, on est bien obligé de conclure que tout X est suspect. Queneau semble avoir une réticence marquée à écrire « X ». Dans un court texte consacré à *Moustiques* de W. Faulkner, on trouve la phrase : « On ne saurait jamais prévoir ce que peut écrire un individu ; qu'on le connaisse depuis ikse années, et c'est toujours surprenant » (*B.C.L.*, p. 132), où « ikse », tout en ayant une valeur numérique, désigne on ne peut plus clairement l'inconnu qui s'y repré-

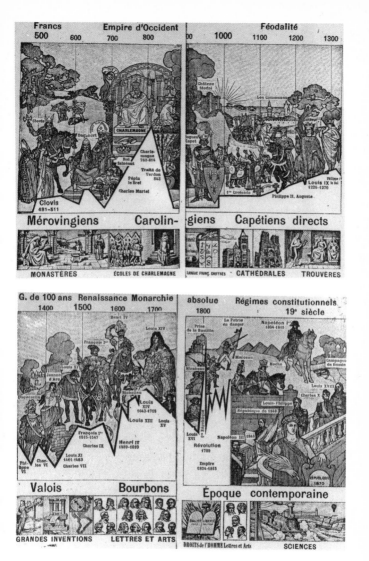

Graphique en réduction du *Graphique illustré et colorié de l'histoire de France* de M. Vaquez.
Ph. Éditions Gallimard.

« Et maintenant, l'abbé, tu vas répondre à la troisième de mes questions, à savoir ce que tu penses de l'histoire universelle en général et de l'histoire générale en particulier. »

sente, et auquel Queneau s'ingénie à donner « legsistence » *(Saint-Glinglin)*. Là encore, les signes abondent et on les retrouve dans tous les registres, de préférence en se moquant — avec une certaine tendresse — de la langue familière. Comme s'il s'agissait d'une fiquesation-fixation, le *x* semble la bête noire : « claquesons », « espliquerai », « egzistence », « egzeguta », « esploitent » ou encore « esplications » parcourent les diverses possibilités de prononciation dans *Zazie*.

Même idée fixe, semble-t-il, dans *Les Fleurs bleues*, où les « genous », les « chous » et les « hibous » échappent systématiquement à la règle bien connue des écoliers ; on dirait presque une revanche rigolarde sur la tyrannie des instituteurs. Certes, mais il y a un tour de plus : nous sommes dans un « roman historique » et nous assistons donc à des scènes où les personnages devraient parler le français des diverses époques où se passent les événements (ce serait bien compliqué et même impraticable). Mais le *x* permet une sorte de clin d'œil, il ponctue, si l'on peut dire, l'évolution de la langue :

1264 : « Et qu'on nourrisse mes chevals de bon foin, de bonne paille et de belle avoine » *(F.B.*, 33).

1439 : « Le duc d'Auge veut flanquer une taloche au page, mais celui-ci a déguerpi ainsi que les artilleurs, la meute et les chevaus » *(F.B.*, 103) ; « les chiens sont déjà dans leur niche, les chevaux à l'écurie

et les artilleurs tout près du pont-levis »
(*F.B.*, 103-104).

Or on lit dans un traité de phonétique
française (Bourciez) que le pluriel des noms
en -al s'est formé de la façon suivante :

als : *l* devient *u* devant *s*, justement au
XIIIᵉ siècle ; *us* est *noté x* (chevax), puis on
oublie que le *x* comprend le *u* et on le
réintroduit → *ux*, ce qui revient en fait à
écrire *u.us*, ce qui est absurde.

Queneau s'amuse à faire semblant de
prendre des libertés avec l'orthographe
alors qu'il suit fidèlement ce qu'il trouve
dans le manuel.

LE DICTIONNAIRE DIT QUE SI ON ERRE...

Sur le même modèle, le récit est émaillé de
termes sur lesquels on attire notre
attention : archaïsmes (qui font couleur
locale, si j'ose dire) ou néologismes. Ces
termes apparaissent, comme le « néo-
français », avec une certaine discrétion et
surtout sans esprit de système — ce qui en
rendrait l'emploi attendu et lourd. On
connaît dans le genre des tentatives man-
quées, justement à cause du caractère constant, mécanique, du procédé : les *Contes
drolatiques* de Balzac par exemple, où l'arti-
fice est plutôt pesant. Tout au contraire
d'un pastiche monotone, *Les Fleurs bleues*
varient sans cesse les tonalités et les
« moments » de langue ; les mots sont très
souvent accompagnés des « guillemets »
invisibles et présents, qui dédoublent en

quelque sorte l'expression ; à la fois ils disent un sens et indiquent une appartenance à un registre bien déterminé de la langue. Ce double sens, parfois très discret, oblige à un éveil de la lecture, à une attention incessante — à l'inverse d'un parcours des phrases selon la signification, où l'on oublie ou efface les mots eux-mêmes, comme cela se produit normalement quand on lit un roman.

Il y a donc une sorte d'entrave à la fluidité par un recours (plus ou moins parodique) à la langue médiévale. Un ruisseau se nomme « ru », la plaisanterie une « gabance », l'ordre de bataille « aroi », guérir se dit « sancier », le majordome qui préside aux festins est un « dapifer », la foule une « flote », et la marmite une « ole », tous termes attestés en 1180 (d'après le dictionnaire) et qu'on peut donc légitimement employer dans la conversation en 1234. Tout comme « cors », « amé », « gières » ou « mire » (voir Dossier, Lexique). Tous ces termes, pour la plupart disparus, donnent au texte un petit air ancien et légèrement opaque, ou en tout cas étranger. La référence la plus courante — on y reviendra — est Rabelais. Cela va de la citation pure et simple : « Alme et inclyte cité... » (*F.B.*, 17) — formule utilisée par l'écolier limousin pour décrire Lutèce, et déjà reprise dans *Zazie*, à la géographie mythique, le pays des Amaurotes (*F.B.*, 55) en passant par les anecdotes — Couillatrix et le manche qu'on jette après la cognée (*F.B.*, 125-128), ou détournements : « Tu aurais donc ici un gallimard et un parchemin » (*F.B.*, 109), qui est un écho du *Gargantua*, chapitre XIII, où le précepteur-théologien Thubal Holopherne porte un « gualimart aussi gros et grand que les gros pilliers de Enay » à Lyon, c'est-à-dire un étui à plumes faisant partie de l'écritoire, ce qui ne manque pas de sel dans l'orthographe que lui donne Queneau, celle de son éditeur.

Avec un sens très sûr de ce qui pourrait lasser le lecteur, Queneau introduit des anachronismes avoués comme tels et cocasses. Dans ses rêves, le duc d'Auge est sur une « péniche », se met un « mouchoir » sur la figure et fait « une petite sieste ». « Sieste... mouchoir... péniche... qu'est-ce que c'est que tous ces mots-là ? Je ne les entrave point », répond Onésiphore Biroton, en argot moderne (entraver au sens de comprendre). Le néologisme, rétorque Auge, est « privilège de duc ». Et le voici qui donne une démonstration d'étymologie appliquée : « [...] de l'espagnol pinaça je tire pinasse puis péniche, du latin sexta hora l'espagnol siesta puis sieste et, à la place de mouchenez que je trouve vulgaire, je dérive du bas-latin mucare un vocable bien françoué selon les règles les plus acceptées et les plus diachroniques » (*F.B.*, 42). Ici encore, ce qui frappe est la variété des tons employés capable de rendre amusante même la lecture du dictionnaire dans ce que les articles ont de plus aride ou même de franchement rébarbatif. « Moult te goures, hébergeur » (*F.B.*, 18), dit Auge. Jouer avec le lexique permet d'égayer le récit, et en retour Queneau rend l'étymologie drôle.

Il n'y a pas que le duc qui néologise (c'est un néologisme), dans *Les Fleurs bleues*, c'est une maladie courante qui gagne même les chevaux. Dans une discussion tout à fait « sérieuse » sur l'astrologie et l'alchimie, les horoscopes et la pierre philosophale, Sthène exprime son scepticisme, et le duc lui rétorque : « [...] si tout autre que toi me disait une chose pareille, je le lui morniflerais les ganaches » (*F.B.*, 163). Dans cette formule, contrairement à ce qu'une lecture inattentive pourrait laisser croire, « mornifle » est un terme qui remonte au XVIe siècle — et non à la langue verte contemporaine — et « ganache » signifie dès le XVIIe siècle les joues du cheval (italien *ganascia*, « mâchoire »). Queneau joue avec deux idées préconçues sur le sens des mots, et la formule oblige l'attention à rester en alerte. Un peu plus tard, Stèphe et Sthène, qui s'ennuient en voyage, dialoguent :

« C'est bien ce que je disais, soupira Sthène, le retour n'est pas pour demain.

— Tu souffres très exactement de nostalgie, dit Stèphe que la taciturnité de son compagnon poussait au bavardage.

— Nostalgie ? dit Sthène, voilà un mot que je ne connais pas.

— Il est d'invention récente, dit Stèphe d'un ton doctoral. Il vient de nostos et d'algos, algos qui veut dire en grec souffrance et nostos qui dans la même langue veut dire retour. Il s'applique donc parfaitement à ton cas.

— Et toi, dit Sthène, tu es atteint de logorrhée.

— Logorrhée ? dit Stèphe, voilà un mot que je ne connais pas.

— Je pense bien, dit Sthène, je viens de l'inventer. Il vient de logos et de... » (*F.B.*, 189).

Or, si on a la curiosité de consulter le dictionnaire, on constate qu'en effet « nostalgie » apparaît en 1759 — la scène se passe en 1789 — alors que « logorrhée » est daté de 1839. Stèphe et Sthène parlent comme des livres, en tout cas aussi bien que le duc inventant (?) péniche, mouchoir et sieste. Tout cela ne serait qu'érudition sans les « guillemets » dont je parlais plus haut, et qui établissent la distance nécessaire pour le sourire.

À l'époque moderne aussi, on néologise : « Pourriez-vous me dire où péniche mademoiselle Lamélie Cidrolin ? » demande le futur (*F.B.*, 77).

DES MOTS À LA PHRASE, LES GAULOISERIES

Ce jeu constant avec les mots ne suffit pas tout à fait, à lui tout seul, à décrire le ton Queneau et le sourire goguenard qui accompagne la plupart des phrases. Nous avons déjà évoqué le caractère parlé et familier de la tonalité d'ensemble du texte, il faut aussi noter le ton « gaulois », presque grivois, de beaucoup de passages. À Cidrolin, qui l'invite à boire un petit verre d'essence de fenouil à bord de sa péniche, l'Iroquoise réplique : « "Si vous pensez, monsieur, que vous parviendrez à vos fins trombinatoires et lubriques en me dégoisant de galants propos pour m'attirer dans votre pervers antre, moi, pauvre oiselle, pauvre iroquoiselle même, ce que vous vous gourez, monsieur ! ce que vous vous gourez !" Faisant aussi sec demi-tour, la jeune demoiselle regrimpa le talus en mettant en évidence l'harmonieuse musculature de son arrière-train » (*F.B.*, 39), où les formules tout à fait explicites ont pourtant une saveur malicieuse qui vient — comme d'habitude d'ailleurs — du mélange des registres et des dialectes.

Parfois, le clin d'œil est plus allusif, comme dans la scène où le duc devient amoureux (?) de Russule et où, après un dialogue cocasse, les deux se mettent à « jouer » : « Quel jeu ? — Un jeu. [...] Et ils jouèrent jusqu'à l'aube » (*F.B.*, 110). Ou encore dans la discussion familiale : « Bertrande dit à Cidrolin : Tu devrais lui acheter une tévé. Elle va s'emmerder toute seule avec toi. Surtout le soir. — Tu ne peux pas savoir, dit Lucet à Bertrande. — T'es bête, dit Sigismonde à Lucet » (*F.B.*, 219).

Il ne manque pas de passages qui font des allusions au jeu de l'amour, sous toutes ses formes imaginables (voir les histoires de Gilles de Rais), à la traditionnelle concupiscence féminine ou au cocuage — thème panurgien entre tous. Et le duc exaspéré embroche le vicomte d'Empoigne qui sert de chevalier servant à la duchesse, mais le caractère tragique de l'événement n'apparaît pas clairement, c'est le moins qu'on puisse dire.

LA POLYPHONIE

Ce qui frappe dans ces dialogues ou dans ces épisodes est, outre le caractère allusif, la présence d'échos, de dédoublements tout à fait essentiels, car on les retrouve d'un bout à l'autre des *Fleurs bleues*. On appelait cela autrefois le mélange des genres — c'était péjoratif. Avec Queneau, la réussite vient d'un sens très sûr de la mesure qui lui fait changer de ton dès l'instant précis où une sorte de style pourrait devenir monotone, insistante et lourde — le premier chapitre excepté, et j'ai cherché à en imaginer la raison plus haut. D'autre part, le vocabulaire, d'une richesse extraordinaire (au point qu'on a besoin du dictionnaire — de plusieurs dictionnaires même), appartient à tous les registres possibles et imaginables. L'éventail des dialectes est largement ouvert, depuis le néo-babélien jusqu'au discours savant, en passant par l'argot « raymondquenien », le médio-français, les citations, les articles de dictionnaire, les morceaux de prose poétique, les dictons, les bouts-rimés, les petites histoires, etc. Cette allure poétique, à sauts et à gambades, anime sans arrêt la lecture, empêche un parcours somnambulique et interdit l'inadvertance. En fait, tout dépend ici de la variété, qui seule peut préserver la légèreté de l'ensemble. Soit un bref passage pris presque au hasard (*F.B.*, 106-107).

« Larmoyant, il pousse un cri désespéré : [Ton pathétique.]

— J'ai faim ! [Réalisme cynique non sentimental.]

Aussitôt la porte s'ouvre *comme par enchantement* et une *radieuse apparition* fait son apparition. [Pastiche — en italique — des formes stéréotypées du conte.]

L'apparition susdite consiste en une pucelle d'une insigne saleté mais d'une esthétique impeccable. Le duc a le *souffle coupé*. [À la fois formule traditionnelle du coup de foudre et expression familière — selon l'intonation choisie à la lecture.]

— Pauvre messire, dit la jeune personne d'une voix *vachement mélodieuse* [...] [Mixte de registres habituellement distincts et même incompatibles.] »

Et cela continue avec cette incessante variété plutôt cocasse qui aboutit à :

« Vous êtes un rien gironde, dit le duc.

Elle fait semblant de ne pas *réceptionner le madrigal* ».

On nous raconte bien une « rencontre amoureuse » et un « coup de foudre », mais de manière plutôt rigolote et *cum grano salis*.

Un autre type de variation, moins visible, mais très évidemment calculé, concerne les temps des verbes. Alors que le passé simple est le temps normal du récit (au point d'être considéré comme une caractéristique essentielle du roman classique), Queneau rompt la continuité attendue par de brusques présents, incongrus. Deux exemples : « Le gardien allume une veilleuse et· fit signe à Cidrolin de s'asseoir » (*F.B.*, 195) ; « Cidrolin ne releva pas cette insolence et demande, si ce n'était pas indiscret, pourquoi le duc s'encombrait de ces deux chevaux » (*F.B.*, 228). Cela produit un effet de proximité et d'éloignement à l'intérieur de la même phrase, comme si on sortait soudain une action ou une parole du cadre conventionnel (le récit) dans lequel elle était placée. D'où un changement de point de vue — à peine perceptible, mais qu'on sent pourtant à une légère bizarrerie qui vient de l'hétérogénéité des temps.

LES RIMES

Cette distance légèrement ironique, Queneau la crée parfois avec un simple effet d'écho qui, par la seule résonance, fait entendre la formule qu'on avait prononcée sans y prêter attention. La grande différence entre prose et poésie réside en effet dans cette étrange conscience que nous avons d'une « fin de vers ». Ces fins de vers présentent des sonorités analogues, c'est la rime, répétition dont on trouve de multiples exemples d'un bout à l'autre des *Fleurs bleues* et dont il est dit qu'elle est « l'une des plus odoriférantes fleurs de la rhétorique ». Un exemple : « Le duc avance en silence, la corde se balance, l'abbé suit de confiance, la petite lumière aussi se balance, elle finit par intriguer l'abbé qui revisse la conversation : Il est vivace, votre quinquet, monsieur le duc. — Très » (*F.B.*, 206) — rime, changement de rythme (« petite lumière aussi ») et homophone approximatif (« revisse », « vivace »), sur le modèle des associations libres dans la pratique analytique. On rencontrait déjà dans *Zazie* : « Un rien l'amène, un rien l'anime, un rien la mine, un rien l'emmène » (p. 117), qui nous rappelait que Queneau a écrit des paroles de chansons célèbres. Et comme là aussi on est menacé par la monotonie, le texte joue avec sa règle par des variations, ténues ou notables ; deux exemples : « Hagarde, Lamélie le regarde » ; « Lamélie, hagarde, le regarde » ; « Lamélie le regarde, hagarde » (*F.B.*, 48-49), dont la permutation simple consiste à faire glisser « hagarde » de la position 1 à la position 3.

« L'abbé Riphinte, écœuré, ne fit aucun commentaire » ; « L'abbé Riphinte, écœuré, dédaigna de répondre » ; « L'abbé Riphinte, écœuré, jette un vague coup d'œil » ; « L'abbé Riphinte répondit, définitivement écœuré » (*F.B.*, 208-209).

Les jeux phonétiques occupent une place de choix aussi par leurs possibilités comiques, deux figures en particulier. La répétition pure et simple de la même consonne initiale dans une séquence assez longue pour que l'effet sonore soit perçu et qu'il provoque le sourire par la distance ténue ainsi instaurée entre son et sens, le son devenant le principe prédominant alors qu'on est dans un monde (fictif) où l'on

Arrivée de Saint Louis en Tunisie. Peinture anonyme. Ph. © CAP-Viollet.

« La guerre aux colonies, il sait ce que c'est, il me comprend. Lui, Louis il veut y retourner : c'est son affaire. Lui, Louis, ce n'est pas comme moi, c'est un saint homme, on finira par voir son nom sur le calendrier. »

s'attend à ce que le sens soit premier. Dans *Les Fleurs bleues*, on remarque, entre autres : « Lamélie fit demi-tour et voulut *f*endre le *f*lot de la *f*oule en *f*ile » (*F.B.*, 49-50), ou « une teinte jaunâtre sous l'effet de la lumière au néon qui *tomb*e dans un *tub*e *tub*ulaire *tant b*ien que mal » (*F.B.*, 95), ou « un discours court » (*F.B.*, 182)...

La seconde figure ressemble davantage à une contrepèterie — là encore, on retrouve Panurge qui disait qu'« il n'y avoit qu'un antistrophe entre femme folle à la messe et femme molle à la fesse » (*Pantagruel*, XVI) — sans le caractère grivois habituel dans ce genre d'équivoque (voir l'« Album de la comtesse » ou Luc Étienne). Et comme la plupart des contrepèteries, elle semble d'abord une énigme, ou une erreur. Ainsi « Malplaquet qui grimoisse d'angace » (*F.B.*, 119), ou « le duc se promenait à cheval dans la forêt, silentaire et solicieux » (*F.B.*, 160), formule qui, outre l'échange des fins de mots, évoque malicieusement une autre figure de rhétorique, l'hypallage, dont l'exemple le plus célèbre est un vers de Virgile, *Ibant obscuri sola sub nocte per umbram*, qui se traduit justement par « Ils allaient obscurs dans la nuit solitaire, à travers l'ombre » (*Énéide*, VI, 268). Queneau, virtuose, accumule une citation, un hypallage et une contrepèterie.

Ces jeux de langage, d'ordinaire, se rencontrent en « poésie », rarement dans les « romans ». Or, de toute évidence, pour Queneau, cette distinction n'a pas grand sens : de même qu'il avait écrit son

« autobiographie » en vers (« J'ai même écrit un roman en vers, *Chêne et chien*, et j'ai choisi pour cela un sujet qui passe généralement pour ne pas être spécialement poétique, la psychanalyse »), de même, il assujettit ce qui est le genre prosaïque par excellence à un type de contraintes qu'on aurait pu croire réservées à des écrits plus brefs. Après s'être aperçu qu'il était, comme il dit, « tombé dans le bain romanesque », il s'est mis à la recherche d'une forme, d'un rythme. Il faut entendre les mots au sens très fort, et contraignant à la fois, comme une strophe est une forme, et un alexandrin un rythme. Queneau, dans une « Conversation avec Georges Ribemont-Dessaignes », dit : « Je me suis fixé des règles aussi strictes que celles du sonnet. Les personnages n'apparaissent pas et ne disparaissent pas au hasard, de même les lieux, les différents modes d'expression » (*B.C.L.*, p. 42). Il donnait ainsi une indication sur *Le Chiendent* et sur son architecture très précisément calculée — ce dont, remarque-t-il non sans malice, « aucun des critiques qui voulurent bien en parler à l'époque ne s'aperçut ». (De la même façon, certains critiques ne s'aperçurent pas de la contrainte qui réglait l'écriture de *La Disparition* de G. Perec, à savoir, comme on sait, l'interdiction de la voyelle la plus fréquente de la langue française : *e*).

Occupons-nous maintenant de la composition des *Fleurs bleues* et de la façon dont les formules se répondent les unes aux autres, la forme dans laquelle se moulent les personnages et aventures ; bref, le principe d'organisation du texte.

III DE LA PHRASE AU RÉCIT

« Merci, dit Gabriel. N'oubliez pas l'art tout de même. Y a pas que la rigolade, y a aussi l'art. »
Zazie, p. 167.

Raconter une histoire ne va pas de soi, on peut s'attendre à ce qu'un écrivain aussi conscient, aussi concerné que Raymond Queneau ne laisse pas ses personnages aller au hasard d'une inspiration aléatoire (« comme un troupeau d'oies [...] à travers une lande longue d'un nombre indéterminé de pages ou de chapitres », « Technique du roman », *B.C.L.*, p. 27). De fait, dès son premier roman publié, *Le Chiendent*, épisodes, situations, tonalités et personnages sont disposés selon une architecture rigoureuse et complexe. La « contrainte » n'engendre pas seulement un type de phrase, mais aussi (et surtout) un agencement d'ensemble des éléments. Cet agencement doit accomplir une forme calculée d'harmonie, comme une distribution arithmétique, réglée par une progression numérique qui organise les places où doivent figurer tel ou tel élément. On sait le goût prononcé de Queneau pour les mathématiques, le héros d'*Odile* (1937) passe ses journées à explorer « le monde des réalités mathématiques », et le dernier écrit publié du vivant de Queneau s'intitule *Les Fondements de la littérature d'après David Hilbert* (*Bibliothèque oulipienne*, n° 3, 1976), texte qui tente de dégager, à la manière d'une géométrie non euclidienne, les postulats et axiomes, théorèmes et corollaires, qui pourraient concourir à une formalisation des diverses possibilités (et impossibilités) narratives.

Queneau expose ainsi la structure combinatoire de ses romans : « Il m'a été insupportable de laisser au hasard le soin de fixer le nombre des chapitres de ces romans. C'est ainsi que *Le Chiendent* se compose de 91 (7×13) sections, 91 étant la somme des treize premiers nombres et sa " somme " étant 1, c'est donc à la fois le nombre de la mort des êtres et celui de leur retour à l'existence, retour que je ne concevais alors que comme la perpétuité irrésoluble du malheur sans espoir. » Un peu plus loin, il précise : « Chacune des sections est [...] une [...] Elle est une, tout d'abord comme une tragédie, c'est-à-dire qu'elle observe la règle des trois unités. Elle est une [...] quant au genre : récit purement narratif, récit coupé de paroles rapportées, conversation pure (qui tend à l'expression théâtrale), monologue intérieur en " je ", etc. » (*B.C.L.*, p. 30). On peut s'attendre à trouver une organisation de cet ordre pour les vingt et un chapitres des *Fleurs bleues*. Et ce d'autant plus que les nombres ont de toute évidence une place déterminante dans l'ensemble du roman.

Une autre remarque essentielle nous guide dans la lecture : « On peut faire rimer des situations ou des personnages comme on fait rimer des mots. On peut même se contenter d'allitérations » (*B.C.L.*, p. 42). Queneau étend donc le principe de répétition à l'ensemble des éléments du texte qui vont se répondre les uns aux autres et faire système narratif. *Les Fleurs bleues* ne cachent pas ce principe ; tout au contraire, il semble que les rimes, loin d'être discrètes, sont soulignées ici au point de provoquer des questions. Cela a été très remarquablement étudié par A. Calame[1], et je le suivrai dans son analyse.

1. A Calame, « *Les Fleurs bleues*, rime et concordance », *Temps mêlés*, n° 150 p. 17-18-19, avril 1983.

Un système de nombres et de rimes risque de rester abstrait (et artificiel) s'il ne correspond pas à un sens. Or, là encore, Queneau lui-même donne une indication essentielle sur la jaquette du livre (quatrième de couverture Folio) : « On connaît le célèbre apologue chinois : Tchouang-tseu rêve qu'il est un papillon, mais n'est-ce point le papillon qui rêve qu'il est Tchouang-tseu ? De même dans ce roman, est-ce le duc d'Auge qui rêve qu'il est Cidrolin ou Cidrolin qui rêve qu'il est le duc d'Auge ? » Dans cette question, ou dans le doute, on peut voir le principe de la répétition incarné dans le « dédoublement » qui donne naissance aux deux personnages principaux. Les événements du récit se déroulent dans deux univers différents, dans deux temps différents — l'un qui semble, en tout cas au départ, fictif ; l'autre, apparemment « réaliste » —, et ils

se succèdent en une alternance systéma-
tique qui fait ressortir l'analogie des épi-
sodes, ou, pour reprendre un terme que
A. Calame emprunte très judicieusement à
Joachim de Flore, la concordance (voir
Dossier).

LES MONDES PARALLÈLES :
LES PERSONNAGES

D'abord le plus visible : dans ces deux
mondes vivent des personnages qui se font
écho, soit par les caractéristiques, soit par
les noms. Auge a pour chapelain l'abbé
Onésiphore Biroton (*F.B.*, III, 40[1]) et le
patron du bar Biture se prénomme lui aussi
Onésiphore (*F.B.*, VIII, 102) ; certes, son
métier n'est pas particulièrement ecclésiastique, mais on insiste longuement sur sa
casquette bizarre (« carrée semi-ronde
ovale ») dont la couleur noire à pois blancs
peut rappeler le costume ecclésiastique. Le
clergyman qui circule en mobylette « vêtu
d'une longue robe noire et coiffé d'un som-
brero de même couleur, à bords roulés »
(*F.B.*, II, 29) pourrait bien faire un écho
— assourdi — à l'abbé Riphinte, qui prend
de plus en plus d'importance une fois
l'abbé Biroton devenu évêque *in partibus* ;
mais il fait sûrement écho à Biroton (*F.B.*,
III, 45) en assurant le passage d'un monde à
l'autre.

Bien sûr, c'est autour des personnages
principaux que les rimes sont les plus
nombreuses : tous deux ont trois filles, qui

sont mariées ou se marient ; tous deux sont veufs — et on souligne l'hypothèse selon laquelle ils auraient assassiné leur femme. Auge : « Ma femme est morte, sire. — Tu ne l'as pas tuée, au moins ? Avec toi, on ne sait jamais » (*F.B.*, II, 24) ; Cidrolin a fait dix-huit mois de préventive, le graffiteur anonyme semble bien écrire « As »[sassin], et il a difficulté à s'adresser à un bureau de placement, « avec la réputation qu'on m'a faite » (*F.B.*, VIII, 100) (Barbe Bleue ?). « Je ne suis pas un assassin », dit-il à Lalix (*F.B.*, XIV, 187) ; tous deux aiment l'essence de fenouil, chacun rêve l'existence de l'autre, et ils rencontrent une fille de bûcheron. Russule (charbonnière) devient duchesse d'Auge mais trompe le duc, Lalix devient fiancée de Cidrolin, et le sauve. La rencontre des deux héros va donner lieu à un jeu en miroir : « Maintenant que nous nous connaissons, appelez-moi tout simplement Joachim. — Et pourquoi vous appellerais-je Joachim ? — Parce que c'est mon prénom. — C'est aussi le mien, dit Cidrolin. Je ne me vois pas m'appelant sous les espèces d'un autre ! — Espèce d'autre vous-même, répliqua le duc avec bonhomie » (*F.B.*, XIX, 255-256). Et leurs sept prénoms (qui épellent Joachim bien sûr) coïncident. À ce point, la concordance est telle qu'elle menace les identités. Et pourtant chacune est nettement marquée, ce sont même surtout les différences qui sont soulignées.

Entrée de Charles VII à Paris en 1436. Gravure de Lemaître d'après Vernier. Ph. © Collection Viollet.

Autant le duc d'Auge est actif, bouillonnant, truculent, violent et révolté, autant Cidrolin est passif, « personnage sans signes distinctifs », calme et apparemment résigné. La curiosité pousse Auge sur les chemins ; suivant les conseils de Sthène, il quitte l'Arche (près du Pont) pour aller voir où en sont les travaux de Notre-Dame, puis pour plaider en faveur de Gilles de Rais, etc. Cidrolin semble ne s'intéresser à rien qu'à abuser doucement de l'essence de fenouil, à faire la sieste et à quitter le moins possible sa péniche (l'Arche).

Malgré leurs différences (comme il arrive aux jumeaux dans *Cent ans de solitude*[1]), ils vivent des événements parallèles, même si la ressemblance des actes tient parfois de l'à-peu-près. Cidrolin passe les moments où il ne dort pas à repeindre la clôture et le portillon de chez lui ; Auge réalise en secret des fresques murales qui sont des chefs-d'œuvre (Lascaux, Altamira) (voir *F.B.*, XVIII, 239-240). L'un et l'autre, parfois, se déplacent sous de faux noms qui sont des anagrammes ou des palindromes vocaliques : « Dicornil. Monsieur Dicornil. D comme duc, I comme Joachim, C comme Capétien, O comme Onésiphore, R comme Riphinte... » (*F.B.*, IX, 123) ; ou Hégault *(Ego)* pour Auge (*F.B.*, XIV, 190). Ils ne reculent pas devant un festin dans un « de-luxe » (*F.B.*, IX, 122 et XX, 267). Et comme les échos sont constants, mentionnons simplement pour finir leurs tentatives infruc-

1. Le roman de Gabriel Garcia Marquez a paru en français en 1968, il développe des thèmes très proches de ceux des *Fleurs bleues*, dans un style « magico-réaliste » très latino-américain mais où l'on retrouve, par une étrange coïncidence, ce que Claude Debon, dans sa notice de *Chêne et chien*, décrit comme la caractéristique du style de Queneau, « ni purement fictif comme un roman, ni ''réaliste'' comme une autobiographie ».

tueuses pour raconter leurs rêves, l'un à
Biroton : « Comme les récits de rêve ne
l'intéressaient pas, l'abbé Biroton
s'endormit » (*F.B.*, III, 45), l'autre à Lalix :
« Au fait, pourquoi ne pas raconter ses
rêves ? — C'est très mal élevé, dit Lalix »
(*F.B.*, XII, 156).

AGENCEMENT DES RIMES

L'alternance systématique des deux
« mondes » offre au moins deux possibilités
d'agencement pour les concordances. Soit
une rime relie un élément « Auge » à un élément « Cidrolin » — et on insiste alors sur
le parallélisme des deux mondes, suggérant
par là que l'un (mais lequel ?) est le rêve de
l'autre, par exemple Auge a toujours rêvé,
dit-il, d'habiter sur une péniche, péniche
sur laquelle habite en effet (?) Cidrolin, qui
de son côté rêve les aventures que vit en
effet (?) Auge. Il y a donc rupture puis continuité, ce qui provoque parfois un mouvement instinctif d'étonnement (« Cidrolin
sursauta », *F.B.*, X, 164), comme lorsqu'on
s'éveille sans avoir encore conscience qu'on
s'était assoupi, puis le train-train usuel
reprend son cours fluide. La transition[1]
s'est faite par l'intermédiaire d'un
bûcheron qui demande à Auge des nouvelles de sa fille, à Lalix qui racontait qu'elle
était fille de bûcheron, établissant ainsi un
passage continu d'un monde Cidrolin à la
« réalité » diurne. Ce qui est ainsi souligné,
c'est la ressemblance, ou la correspon-

1. Voir *Exercices de
style*, « M a l a -
droit » : « Mais il
reste le plus diffi-
cile. Le plus calé. La
transition. D'autant
plus qu'il n'y a pas
de transition. Je pré-
fère m'arrêter »
(p. 95).

dance, des deux mondes. Soit, selon une autre disposition, la rime relie deux éléments appartenant à la même série. Ainsi Mouscaillot, le mauvais page, « sigisbée » de la duchesse, trucidé par Auge, laisse la place à son frère Pouscaillou, gentil compagnon. Ainsi la discussion familiale sur la « tévé », « les actualités d'aujourd'hui, c'est l'histoire de demain », discussion elle-même répétitive (« Il me semble que ça recommence, que j'ai entendu tout ça autre part », *F.B.*, v, 62-65), revient encore (*F.B.*, xvi, 219-220). Ou encore les réactions suscitées par les chevaux doués de la parole : au chapitre ii, cette découverte provoque une émeute et un massacre gargantuesque. « Joachim d'Auge fonça dans la flote [=foule] et occit deux cent seize personnes, hommes, femmes, enfants et autres » (*F.B.*, 36) ; aux chapitres xiii et xiv, la même nouvelle n'a pas le même effet : « Tout le monde rit de bon cœur, le duc tout le premier » (*F.B.*, 179) et le duc ajoute : « Il sait même lire. Par exemple, il est en train de lire le Voyage du Jeune Anacharsis en Grèce, qu'il apprécie beaucoup » (*F.B.*, 181). Et l'assistance commente : « Quel homme d'esprit » (*F.B.*, 182). Ces reprises donnent le sentiment que les événements historiques se répètent sans véritable progression, que c'est toujours la même chose qui se produit et que le temps, comme on dit, tourne en rond[1]. A. Calame rappelle très justement à ce propos la remarque de Marx : « Hegel fait quelque part cette remarque que tous les grands événements

---

1. Voir *Cent ans de solitude*, en particulier p. 187 et 212.

se répètent pour ainsi dire deux fois. Il a oublié d'ajouter : La première fois comme tragédie, la seconde fois comme farce[1]. » Ces répétitions font revenir le Même dans une sorte de retour perpétuel qui a dans l'Antiquité été nommé « période » et a donné lieu à une conception cyclique de l'histoire ; Queneau en parle brièvement dans *Une histoire modèle* (chap. LXXIII et LXXIV). C'est bien une structure cyclique que les rimes ou concordances imposent au récit.

1. K. Marx, *Le 18 Brumaire de Louis Bonaparte*, le texte commence ainsi.

LE COURS DE L'HISTOIRE

Mais cette structure cyclique entre en concurrence avec une autre disposition, linéaire celle-là, et dont les légères différences évoquées à l'instant sont, aussi, une indication. Tandis que Cidrolin fait ses siestes durant l'automne 1964 (?), Auge caracole à travers l'histoire. Sur le rabat de la couverture, dans l'édition originale des *Fleurs bleues*, on lisait, après l'apologue chinois : « [...] un intervalle de cent soixante-quinze années séparant chacune de ses apparitions. En 1264, il rencontre Saint Louis ; en 1439, il s'achète des canons ; en 1614, il découvre un alchimiste ; en 1789, il se livre à une curieuse activité dans les cavernes du Périgord » (ce fragment de texte a disparu de la couverture Folio mais se trouve dans la notice, p. 7). Nous avons donc un second système narratif, à la fois discontinu

(« intervalle ») et uniformément orienté (la chronologie), qui accompagne la lecture en apparence désinvolte d'un manuel scolaire d'histoire. Après tâtonnements (voir planche), Queneau choisit donc cinq « moments » historiques qui constituent une sorte d'échantillon.

ROMAN HISTORIQUE

En un sens *Les Fleurs bleues* parcourent des thèmes du roman historique, reprenant des événements et des personnages « réels », Saint Louis, les croisades, Jeanne d'Arc, Gilles de Rais, la convocation des États généraux, l'alchimie... Ces éléments « réalistes » sont soigneusement répartis, cinq chapitres par époque — ce qui devrait produire vingt-cinq chapitres, mais Queneau fixe les transitions au milieu des chapitres V, IX, XIII et XVII, ce qui ramène le total à vingt et un, selon la logique, parfois difficile à admettre, des problèmes d'intervalle. On l'a vu pour le vocabulaire, on le remarque pour les événements, les réactions des personnages et le décor, une sorte de fiction historique est respectée. La première phrase du texte est à cet égard tout à fait symptomatique (presque une caricature d'incipit classique) : « Le vingt-cinq septembre douze cent soixante-quatre, au petit jour, le duc d'Auge se pointa sur le sommet du donjon de son château... », date, lieu, héros, tout y est. Cela signifie aussi que, selon la règle du parallélisme des deux mondes, des événements sont en quelque sorte programmés à l'avance : quand Auge descend au fond d'un trou dans la région de Plazac, avec la ferme intention de prouver l'existence des préadamites (*F.B.*, xv, 202), le lecteur peut s'attendre à ce que quelqu'un en 1964 parle des « trous préhistoriques » ; et c'est en effet ce qui se produit (*F.B.*, xvi, 220). L'histoire se déroule bien normalement. Pourtant, cette règle de composition est ébranlée de deux façons ; d'abord par les anachronismes qui interviennent là encore dans les deux directions narratives possibles : Auge rêve de la péniche et de « houatures » (d'une série à l'autre), Russule chante la Carmagnole en 1439 (même série) — d'ailleurs, Auge lui-même avait déjà annoncé : « Si les Capets commencent à nous traiter de la sorte, on verra bientôt les aristocrates à la lanterne (*F.B.*, iv, 57) ; les anticipations prennent toutes les formes imaginables (vocabulaire, événements) qui caractérisent la parodie et permettent ce que Agrippa d'Aubigné appelait des apophéties (prophéties après coup) cocasses, mais dont il faut bien se rappeler qu'elles constituent le paradoxe fondamental du roman classique où le narrateur fait semblant de ne pas savoir la fin de l'histoire qu'il connaît pourtant pertinemment. Il y a ainsi jeu avec les règles de l'histoire comme avec celles du récit[1]. D'autre part, Queneau prend soin de ne pas marquer trop nettement le passage d'une époque à une autre, provoquant une légère hésitation chez son lecteur qui, par exemple, ne sait pas très

1. La première phrase de *Cent ans de solitude* repose explicitement sur un paradoxe analogue : « Bien des années plus tard, face au peloton d'exécution, le colonel Aureliano Buendia devait se rappeler ce lointain après-midi au cours duquel son père l'emmena faire connaissance avec la glace. »

on trouve Cidrolin un pot de peinture à la main — et comme de
peinture une inscription infamante (écrit par Toto · quatre)

_____

prénoms vrais : Yoland
egt. - Bertrande.

I ⟷ IV	1264	1264	révolte des nobles (la Tr.) (L. futur XI) dans le coup
V ⟷ VIII	1494	1439	
IX ⟷ XII	1544	1614	Etats généraux
XIII ⟷ XVI	1684	1789	Révolution
XVI ⟷ XX	1824	1964	é[clatant] !
XXI			

ou   L'arche (175 ans)

_____

20 Décembre - le duc d'Auge veut s'acheter un canon

_____

un canoë (canot) accosté le long de la péniche

_____

troubles de la motoricité

Quand un défenseur ne se répète pas souvent — quand Cidrolin achètera une
autre femme il demandera si elle sait faire la cuisine

_____

Manuscrit. Note préparatoire pour *Les Fleurs bleues*.

bien en quelle année situer les conciles de Bâle, Ferrare ou Florence (transition 1, *F.B.*, v, 66-67) ; il faut attendre deux pages pour un indice (« vive le maréchal d'Ancre ! ») et quatre pages pour une date : « Don Quichotte ? Le meilleur livre étranger paru en l'année 1614 » (transition 2, *F.B.*, ix, 119 et 121)... Ce brouillage est accentué par la longévité des héros, qui « vieillissent » de cent soixante-quinze ans à chaque bond et paraissent à la fois identiques à eux-mêmes et pourtant légèrement modifiés : l'abbé Biroton devient évêque, Auge redevient veuf... sans que cela paraisse les changer beaucoup. Cela introduit une confusion dans laquelle le siècle trois quarts est pratiquement escamoté bien qu'une évolution soit néanmoins marquée. La discontinuité reste discrète, la continuité, elle, semble dominer. Mais cette vacillation est le signe d'une question.

La persistance (plutôt que permanence) des mêmes personnages donne le sentiment qu'ils assistent en spectateurs au déroulement d'un décor (au sens large) plus qu'ils ne participent en acteurs aux événements. En sorte que la fresque des divers événements historiques sert de contenu à une structure chronologique qui semble bien plutôt une combinaison narrative qu'une interprétation de l'histoire. D'ailleurs, les dates (1419, 1614 et 1789) ont varié au cours de la rédaction. En exagérant un peu, on pourrait dire que l'histoire est un matériau autant qu'un prétexte. Et cela ne surprend guère si l'on se rappelle que roman et histoire sont explicitement présentés par Queneau comme parallèles : dans *Une histoire modèle* (1966), dont il dit que le texte apporte « un supplément d'information aux personnes qui ont bien voulu s'intéresser aux *Fleurs bleues* », il pose : I « L'histoire est la science du malheur des hommes », et XIII (nombre porte-malheur, dit-on) « Les récits imaginaires ne peuvent avoir pour sujet que le malheur des hommes, sinon ils n'auraient rien à raconter [...] Tout le narratif naît du malheur des hommes. » Pourtant, l'analogie risque de tromper : sauf rectification douloureuse, « révisionnisme », l'histoire n'est pas — ou ne devrait pas être — malléable ; la narration « imaginaire » le reste tant que le récit n'est pas achevé. D'où une antinomie fondamentale, dont on trouve des traces dans les *Fleurs bleues*, où coexistent sans cesse deux logiques narratives, celle de la « réalité » (histoire) et celle de la fiction (roman).

FICTION ET RÉALITÉ : LES TEMPS

Lorsque nous entreprenons la lecture, une série (Auge) semble située du côté de la fiction, du « conte à plaisir » et du calembour, tandis que l'autre (Cidrolin) serait plutôt dans le style du réalisme populaire, avec des détails et des comportements qui nous rappellent la vie de tous les jours. On peut avoir l'impression que Cidrolin est réel, et Auge fictif. Mais, peu à peu, Auge prend une consistance et une épaisseur dont manque très évidemment Cidrolin, dans la vie de qui si peu d'événements se produisent qu'il en vient presque à devenir lui-même transparent et fantomatique. Et, paradoxalement, la série « récit fantastique » semble plus réelle que la série « réalité actuelle », comme si Queneau avait pris un malin plaisir à nous faire croire à des événements invraisemblables (jusqu'à chasser le mammouth à coups de canon) et suspecter d'irréalité ce que nous connaissons pourtant très bien.

Ce renversement tient essentiellement au fait que nous avons pris l'habitude de lire non seulement selon les temps verbaux (récit = passé simple, description = imparfait ou présent, rêve = imparfait parfois et surtout présent), mais selon les catégories que ces temps impliquent : le passé simple convient pour la narration supposée objective d'une histoire réelle ou vraisemblable. Le présent a un éventail beaucoup plus large, il peut certes servir à la description de ce que j'ai présentement sous les yeux, mais il échappe aussi à toute détermination temporelle stricte et à tout ancrage précis, il « flotte » en quelque sorte. Tous les « récits de rêves à foison[1] » sont écrits au présent. Si l'on ajoute que les indices de date concernant la série Cidrolin sont extrêmement flous — « L'automne approche. Mon automne éternel, ô ma saison mentale » (*F.B.,* XII, 165), la citation d'Apollinaire

1. Publié par Queneau, *Cahiers du Chemin*, n° 19, 1973 (voir Dossier).

qui accole « automne » et « éternel » est d'ailleurs là encore symptomatique d'un paradoxe qui réunit temps et éternité —, on aurait tendance à percevoir Cidrolin comme vivant dans une indétermination plus ou moins répétitive qu'on rencontre en effet plutôt dans les rêves[1].

Il y a autre chose encore. Si, comme il est à peu près inévitable en fonction de nos habitudes, nous lions la façon de raconter (récit) à ce qui est raconté, nous ne pouvons que remarquer avec étonnement combien il se passe peu d'événements dans le présent de Cidrolin, alors que, tout au contraire, les péripéties abondent dans la série Auge (voyages, croisade, émeute, complot, mariage, trahison, duel, quête alchimiste, peintures rupestres, émigration...). Il faut vraiment que Cidrolin passe son temps à écluser de l'essence de fenouil (on le lui reproche d'ailleurs) et à faire la sieste pour que nous puissions assister à tant d'aventures. À l'inverse, les journées d'Auge sont tellement remplies qu'il n'y a rien d'étonnant à ce qu'il dorme (« Et hop ! au lit »). Du coup, en effet, c'est Cidrolin qui devient, ou tend à devenir, le rêve d'Auge, silhouette presque aussi fantomatique que la silhouette au début du *Chiendent*.

LE PARADOXE LOGIQUE

Or ces deux structures de base, l'une circulaire et l'autre linéaire, sont incompatibles, leur coexistence dans un espace à

1. On peut raisonnablement conjecturer que Cidrolin « existe » de septembre à novembre 1964, sans davantage de preuves.

deux dimensions est une contradiction, leurs logiques sont hétérogènes, comme celles du temps et de l'éternité. Queneau les combine pourtant ensemble, et cette combinaison (« ni tout à fait la même, ni tout à fait une autre ») engendre un mouvement qui trace « une sorte de spirale ». Cette courbe repasse bien *presque* par les mêmes points, mais à partir d'un centre unique, le diamètre des cercles qu'elle trace augmente continûment. On se rappelle la formule énigmatique prononcée par le héraut : « Non. Le compte est juste. Il ajouta : Il n'est susceptible que de croître, jamais de diminuer » (*F.B.*, IV, 56-57). On peut imaginer que cette phrase ne se rapporte pas seulement à l'« emmende » dont est taxé Auge par Saint Louis. Dans *Les Enfants du limon*, Chambernac lit avec enthousiasme quelques fragments de la brochure du Lyonnais anonyme, Auguste B..., qui expose les « causes convictionnelles qui produisent alternativement la nuit, le jour et les différentes saisons », et retrace le commencement de toute la nature. On y lit cette phrase : « La terre que nous habitons est susceptible d'être augmentée et agrandie à l'infini » (p. 119).

Quand les deux séries se rapprochent trop, se produit comme une explosion, une déflagration dans l'espace-temps (comme lorsqu'un avion passe le mur du son). On se rappelle que l'une des distractions de Cidrolin consiste à regarder construire l'immeuble d'en face. Au commencement, « il n'y avait qu'un trou » (*F.B.*, II, 28) au fond duquel se déploie une activité mystérieuse : « Pour un bâtisseur, tout cela doit être intelligible. » Bien sûr, on peut voir là une notation anecdotique, description humoristique destinée à restituer une atmosphère. Pourtant, à la fin du livre (avant-dernier chapitre, xx, 269-270), le même « immeuble en construction s'est écroulé », ensevelissant sous les décombres le gardien. Du coup, on est obligé de voir dans cet événement autre chose qu'un détail, d'autant plus que le gardien est La Balance, dit Labal, avec qui Cidrolin a eu la longue discussion sur le rêve et la pensée, sur l'histoire (Blanche de Castille, l'homme à la cage, les trois mousquetaires... c'est-à-dire les images d'Épinal) et qui s'est chargé d'exécuter « trois à quatre cents personnes » pour rectifier les « jugements erronés ». L'effondrement de l'immeuble liquide le justicier, celui qui a la haute main sur la peine de mort — et la « main de justice » est l'insigne de la royauté, ce qui incite à voir en Labal l'homologue des rois de France[1]. Avec l'immeuble et Labal disparaissent les traces de ce qui appartenait encore à une « lignée historique », autre chose peut commencer.

Ils ne sont pas les seuls à disparaître. Dans le dernier chapitre, Auge largue les amarres de l'Arche qu'il s'est appropriée sans que Cidrolin proteste, la péniche remonte le cours du fleuve, Cidrolin et Lalix rejoignent la rive et disparaissent. La péniche mérite enfin son nom, puisqu'elle sauve ses occupants du déluge. Cette fin paraît correspondre à une résolution du paradoxe logique, et ce de manière

1. Comme le propose A. Calame.

complexe. Les deux séries (Auge, Cidrolin) se sont rejointes. Cidrolin a eu « narrativement » pour rôle d'être à la fois celui qui, en rêvant, a permis la chevauchée fantastique d'Auge à travers les siècles et celui qui, en disparaissant, permet à Auge de poursuivre sa route, sans lui ; il est une sorte de médiateur qui, son rôle une fois accompli, s'efface. Nous ne savons pas si, après avoir laissé partir Cidrolin, Auge fait encore un bond de cent soixante-quinze ans, ce qui nous propulserait dans un roman d'anticipation, mais c'est très peu probable, puisque le « temps » s'est effondré avec l'immeuble et que, pour la première fois, le passage d'une époque à une autre a laissé des traces, comme en laisse une épreuve décisive : « [...] ils étaient, les pauvres, bien maigres et bien las » (*F.B.*, XXI, 276). Et rien n'indique que le donjon sur lequel l'arche s'échoue après le retrait des eaux soit le même que celui de la première phrase ; peut-être. C'est qu'on a quitté l'espace-temps paradoxal où se contredisaient devenir et répétition, différence et identité, on est « arrivé » (« Je rentre chez moi », dit le duc — et bien sûr il faut l'entendre au sens symbolique, comme le Christ invoque la maison du Père). Le nouveau monde n'obéit pas aux règles du monde connu : « Retournant sur le pont, il s'aperçut que ses hôtes ne cessaient de se multiplier », où il est difficile de ne pas entendre un écho de la parole de Dieu après le déluge (Genèse, VIII, 17 et IX, 1). Cet espace et ce temps autres dissolvent les catégories incompatibles, et ils sont peu qualifiables (« on ne pouvait savoir si... » *F.B.*, xxi, 276). Mais, pour y parvenir, il a fallu « sacrifier » Cidrolin et Lalix.

Ces derniers disparaissent, mais comme on quitte la compagnie pour partir en voyage de noces. Ils s'aiment, sont apparemment heureux et, comme les peuples heureux n'ont pas d'histoire, ils n'ont plus rien à faire dans la narration. Ils sortent du roman non par hasard, mais conformément à la résolution du paradoxe logique : le « présent » de Cidrolin, qu'il soit d'actualité ou de rêve, ne peut survivre au passage dans le nouvel espace-temps dont le caractère essentiel est l'indétermination. De la même façon, un individu qui va prononcer un mot comportant un *e* sort de *La Disparition* de Georges Perec, en application de la contrainte qui règle l'ensemble du texte.

Il faut remarquer encore que le dispositif d'échos, naturellement peu perceptible au commencement du texte, devient, à cause de la répétition, de plus en plus évident, et prend de plus en plus de poids ; alors l'architecture narrative elle-même, en se montrant au lieu de se cacher, entre en jeu non seulement comme structure, mais aussi comme signification, et question sur la signification. Les contraintes, certes, permettent d'engendrer et d'organiser le texte, mais surtout elles tentent de disposer des éléments de réponse à une question autre que technique. On lit dans le *Journal 1939-1940* la réflexion suivante que nous avons déjà citée :

États généraux : Paris 27 octobre 1614. Gravure anonyme. Bibliothèque nationale, Paris.
Ph. Archives Jean-Loup Charmet.

« Je suis le duc d'Auge et représente la noblesse de ma province aux États généraux. »

« *Pour moi,* un point de départ intéressant, c'est de constater que : je me sens bien le *même* que le Raymond Queneau d'hier, d'il y a 6 mois, d'il y a 1 an, d'il y a 10 ans, d'il y a 20 ans, d'il y a 30 ans — de mon premier souvenir. C'est de cet Ego invariable dont *[sic]* il faut trouver la racine, racine qui est une flamme consumante — semble-t-il, et *logiquement.* Cette identité — oui, malgré les '' expériences '' et la '' vie ''.

« Commencé à élaborer un roman. Assez complexe » (p. 116).

La coexistence paradoxale des deux structures incompatibles semble correspondre à une tentative pour sortir d'une impasse logique. Le raisonnement discursif ne peut surmonter cette aporie, pas plus que celle du temps et de l'éternité par exemple. Le roman, au contraire, peut au moins essayer. On retrouve ici une évolution analogue à ce qui s'est passé pour *Le Chiendent* : « Quand j'ai commencé à écrire ce qui allait devenir *Le Chiendent* [...] je voulais simplement faire un petit essai de traduction du *Discours de la méthode* en français moderne. Bientôt je me suis aperçu que j'étais tombé dans le bain romanesque » (*B.C.L.*, p. 42) ; à cette différence près — et elle est de taille — qu'il s'agissait d'un jeu devenu roman, alors que, pour *Les Fleurs bleues*, la forme romanesque semble le seul recours possible pour résoudre une question philosophique, à la condition expresse que son agencement mène la contradiction jusqu'à son terme. C'est dans la conjonction d'une interrogation métaphysique et d'une structure narrative « complexe » que réside l'extraordinaire réussite des *Fleurs bleues*, où le même, tout en restant identique à lui-même, se modifie néanmoins.

« [...] Le duc d'Auge se pointa sur le sommet du donjon de son château pour y considérer, un tantinet soit peu, la situation historique » (I, 13) (première phrase).

« Il s'approcha des créneaux pour considérer, un tantinet soit peu, la situation historique » (XXI, 276).

Et plus nette encore la répétition, légèrement modifiée :

« Loin ! Loin ! Ici la boue est faite de nos fleurs — ... bleues, je le sais. Mais encore ? » (I, 15).

« Une couche de vase couvrait encore la terre, mais, ici et là, s'épanouissaient déjà de petites fleurs bleues » (XXI, 276) (dernière phrase).

Cette légère modification n'échappe pas au lecteur, bien au contraire, et le sentiment qu'il en a est essentiel, c'est ainsi qu'est créée l'attente d'une nouveauté à l'instant précis où l'on reconnaît le déjà-connu. La répétition pure de l'identique — composition cyclique — comme le déroulement linéaire d'une suite narrative constituent deux formes qui, prises isolément, seraient probablement monotones parce que statiques. En mêlant les deux, ou plus exactement en les faisant « jouer » l'une contre l'autre, Queneau donne à son roman une structure dynamique : il trouve une tension narrative pleine d'énergie en maintenant ensemble le souvenir (rime ou concordance) et la modification (devenir), et il oblige par là même son lecteur à un éveil constant, à une incessante activité d'interprétation. C'est justement ce que laissait entendre le « prière d'insérer » de l'édition originale quand il disait : « Tout comme dans un vrai roman policier, on découvrira qui est cet inconnu. Quant aux fleurs bleues... » Le mouvement en spirale que nous avons remarqué tourne autour d'un centre énigmatique dont il faut maintenant essayer de s'approcher.

IV   UNE SOMME

RABELAIS (ENCORE)

À première lecture, *Les Fleurs bleues* se caractérisent par l'allure burlesque des personnages, des événements et du ton. Il peut se faire qu'on en reste jusqu'au bout à cette impression, et qu'on lise ce curieux roman comme un divertissement sans autre ambition que de faire rire et sourire. Chemin faisant, on aura pourtant relevé plus d'un détail signalant soit discrètement soit explicitement que l'intention comique n'est pas le seul moteur du texte et que cette suite ininterrompue de plaisanteries légères ou gauloises contient aussi autre chose. Le proverbe dit bien que l'habit ne fait pas le moine. « Comme par hasard », et une telle expression vous vient à chaque page des

Fleurs bleues, nous retrouvons là un écho d'un des pères fondateurs du roman moderne, Rabelais, qui cite et commente ce dicton de vieille sagesse française dans le célèbre Prologue de *Gargantua*. Le passage figure dans tous les manuels scolaires, il apparaît après le fameux portrait de Socrate, « prince des philosophes », que Rabelais emprunte au *Banquet* de Platon où Alcibiade se livre à un éloge de son maître en le comparant à un Silène, demi-dieu laid et bouffon, dont le nom a fini par désigner de petites boîtes « pinctes au dessus de figures joyeuses et frivoles, comme de harpies, satyres, oysons bridez, lievres cornuz, canes bastées [...] et aultres telles pinctures contrefaictes à plaisir pour exciter le monde à rire [...] ; mais au dedans l'on reservoit [=conservait] les fines drogues comme baulme, ambre gris, amomon, musc, zivette, pierreries et aultres choses précieuses ». Ainsi était donc Socrate, laid de corps et « ridicule en son maintien » (on se souvient que le duc d'Auge « court comme une poularde bancale de Bresse », *F.B.*, 135), au point qu'on n'en aurait pas donné « un coupeau d'oignon », mais à l'intérieur on pouvait trouver « divin sçavoir », « entendement plus que humain »... Rabelais fait ainsi par comparaison le portrait de son propre livre, dont il annonce qu'il ne faut pas trop facilement croire qu'il soit uniquement fait de « mocqueries, folateries et menteries joyeuses » ; car ce n'est que l'enveloppe, l'os, mais à l'intérieur se cache « la substantificque mouelle », c'est-à-dire

« doctrine plus absconce, que [=qui] vous revelera de tresaultz [=très hauts] sacremens et mysteres horrificques, tant en ce qui concerne nostre religion que aussi l'estat politicq et vie oeconomique ». Cela est bien connu, bien « classique », pourquoi donc le citer encore ? Pas tout à fait par hasard : en novembre 1938 paraît dans la revue *Volontés* (n° 11) un article de Queneau qui réagit vigoureusement, et parfois très méchamment, à la publication du *Journal* de Julien Green. Queneau ne prend pas de gants pour administrer une volée de bois vert — « à bâtons rompus » (*F.B.*, 69) — à toute une tendance littéraire et esthétique qui affirme « avec sérieux qu'un truc mal foutu a beaucoup plus de valeur qu'une chose bien faite[1] ». Le livre de Green n'est en fait qu'un prétexte, d'ailleurs l'article s'intitule « Drôles de goûts », pour défendre une position qu'on peut appeler « classique », même si cela semble paradoxal puisque les deux références essentielles y sont Rabelais et Joyce. Queneau fait un éloge sans réserve des deux « écrivains » qui font « la joie et l'instruction de quiconque ; ensuite, les plus forts parviennent à la moelle. Ainsi *Ulysse* se lit *comme* un roman ; ensuite, on va au-delà ». La fiction est donc donnée comme l'enveloppe plaisante, voire instructive, de quelque chose d'autre, réservé comme un secret à ceux qui vont faire l'effort de chercher au-delà d'un plaisir premier ou d'une compréhension immédiate. Vient alors une formule qu'on a souvent reprise sans tou-

1. L'article est repris dans *Le Voyage en Grèce*, p. 137-142.

jours voir à quel point, dans ses termes mêmes, elle est issue de Rabelais : « Un chef-d'œuvre est aussi comparable à un bulbe dont les uns se contentent d'enlever la pelure superficielle tandis que d'autres, moins nombreux, l'épluchent pellicule par pellicule ; bref un chef-d'œuvre est comparable à un oignon » (p. 141). Certes, la formule est provocante, elle lance une sorte d'avertissement qu'on aurait bien tort de négliger quand on lit *Les Fleurs bleues*, si tant est que le livre ait cherché à être un « chef-d'œuvre » au sens artisanal des compagnons du Tour de France. Ce qui, me semble-t-il, ne fait aucun doute.

UNE AMBITION DÉMESURÉE

Cela fait d'autant moins doute que la structure narrative, repérée plus haut, non seulement tente de proposer une solution à la contradiction fondamentale de l'existence humaine écartelée douloureusement entre la répétition du même et le surgissement de l'autre, mais encore enclôt une « somme » encyclopédique du savoir humain. « Somme » est un terme qui peut prêter à confusion et laisser croire à une totalité exhaustive. Bien sûr, *Les Fleurs bleues* ne contiennent pas tout, mais donnent de tout un échantillon à la fois vaste et humoristique. Queneau a eu la charge de l'Encyclopédie de la Pléiade et il a été amené à en rédiger une présentation en 1956. On y lit notamment : « Le mot encyclopédie est employé en français pour la première fois par Rabelais dont on peut considérer le programme d'éducation de Gargantua ou la lettre de celui-ci à Pantagruel comme des projets d'encyclopédie[1]. » *Les Fleurs bleues* ont été écrites dans cette filiation, et dans une analogue boulimie de savoir.

1. Texte repris dans *Bords*, p. 99.

L'HISTOIRE UNIVERSELLE

L'histoire universelle pour commencer, ce qui va de soi. Lorsque l'un des personnages principaux parcourt les siècles, les allusions abondent souvent de façon très brève, comme si Queneau avait grappillé dans les tableaux chronologiques de l'Encyclopédie de la Pléiade des noms ou des événements qui correspondent aux stations du duc d'Auge. Depuis l'Empire romain (« ... saint Augustin... Jugurtha... Scipion... Hannibal... Salammbô... cela ne te dit rien ? », *F.B.*, 25) et les grandes invasions (les « misérables » calembours du premier chapitre), on rencontre tout un éventail de noms propres, souvent connus, parfois moins, comme « el Mostanser Billah » (*F.B.*, 25) que le dictionnaire nous dit désigner plusieurs califes, abbassides de Bagdad ou fatimides d'Égypte, ou plutôt le calife hafside de Tunis contre qui Saint Louis est effectivement parti en croisade (afin non de le pourfendre, mais de le convertir). Il arrive aussi que l'évocation soit faite de manière à se moquer de l'érudition par une sorte de clin d'œil du style

« tout le monde connaît » suivi d'un nom parfaitement obscur : « Je vois à ta mine [...] que tu te demandes qui est la reine Anne » (*F.B.*, 32), et Auge précise : « Anne Vladimirovitch » ; or Anne de Russie (ou de Kiev), née en 1024, épousa Henri Ier, roi de France, et fut mère de Philippe Ier ; elle était fille de Iaroslav Vladimirovitch, dit le Sage, grand prince de Kiev, et Queneau lui donne donc le nom de son père, nom masculin, alors qu'une femme aurait dû s'appeler Vladimirovna — un peu à la façon (me fait remarquer A. Calame) dont il inverse les sexes pour les prénoms Yoland et Lucet. Il y a double jeu. On relève ainsi toute une série de « marques d'actualité », les croisades, les constructions de monuments (Notre-Dame, Saint-Germain-l'Auxerrois, le viaduc d'Arcueil, la statue équestre d'Henri IV...) ou d'événements proprement politiques (« la Pragmatique Sanction qui défend les libertés de l'Église gallicane », les États généraux, le traité de Sainte-Menehould, l'Assemblée constituante, le renvoi de Necker, etc.). À plus d'une reprise, on a l'impression de feuilleter un manuel d'histoire pour l'école primaire avec son lot d'images d'Épinal. Les peintures rupestres sont d'ailleurs appelées « dessins d'enfants ».

... ET AUTRES PIÈCES DE PUZZLE

La curiosité d'Auge est infatigable, il s'intéresse à tout : histoire de l'art et architecture

— d'où les noms de Greuze, Salomon de Brosse ou Tomaso de Francini — ; histoire des sciences — Lavoisier, Volta, sans compter le double sens sur le « sthène » qui est aussi une unité de mesure égale à 1 000 newtons — ; histoire de la littérature — on y reviendra — ; histoire de la langue (voir Dossier) ; alchimie — Timoleo Timolei est « le seul alchimiste du monde chrétien à connaître la véritable recette de l'or potable ou non » (*F.B.*, 137), il possède mille autres secrets merveilleux et promet au duc de trouver, « en trois quatre ans », la pierre philosophale et l'élixir de longue vie. Séduit, Auge déploie un inattendu lyrisme dans la description « des athanors et des aludels, des pélicans et des matras, des cornues et des alambics » et des diverses transmutations auxquelles se prêtent les sels et les métaux qui passent par toutes les couleurs de l'arc-en-ciel (*F.B.*, 163). La géographie ne manque pas à l'appel, même si les dénominations sont choisies avec une certaine ruse : on parle de Montignac qui est moins connu que les grottes de Lascaux, « la chapelle Sixtine de la préhistoire », et « Altavira y Altamira » semblent des noms inventés sur le modèle d'Almaviva, le comte de Beaumarchais, alors que ce sont bel et bien des « grottes à peintures » près de Santander. Ou encore Gilles de Rais et Donatien de Sade, sulfureux ami du duc d'Auge dont on souligne ainsi le caractère indépendant, rebelle et irrégulier.

Il arrive aussi que le texte importe purement et simplement une définition, en l'intégrant plus ou moins subrepticement dans un développement qui ne l'impose aucunement. « Ils aiment ça, dit le gardien en mettant le feu au tabac qu'il avait logé dans sa pipe en racine de bruyère de Saint-Claude dans le Jura, au confluent du Tacon et de la Bienne, affluent de l'Ain » (*F.B.*, 199). Ce luxe de précisions non nécessaires produit un gonflement du texte par enchâssement d'un article de dictionnaire, c'est une transplantation d'un élément étranger donné comme tel, manière de faire entrer la « réalité » dans le livre. Ici l'effet obtenu est plutôt comique, ainsi de certaines personnes qui ne peuvent se passer de donner tous les détails lorsqu'elles racontent une histoire et qui finissent par perdre de vue leur sujet à force de digressions. Queneau en a expérimenté la capacité drolatique, entre autres, dans les *Exercices de style* (notamment « Insistance »), et il a traduit *L'Ivrogne dans la brousse* de l'écrivain nigérien Amos Tutuola dont la saveur tout à fait originale repose pour une grande part sur ce procédé.

On remarque un autre exemple de corps étranger absorbé dans le texte, mais apparemment avec un autre régime, c'est « le cas Morse ». Lorsque Cidrolin entre au bar Biture, le néon clignote et semble émettre « des signaux en cet alphabet inventé par ce peintre américain fameux qui naquit à Charlestown (Mass.) en 1791 et mourut à Poughkeepsie en 1872. Par une singulière coïncidence est accrochée juste au-dessus de la tête de Cidrolin une reproduction de

l'Hercule mourant de Samuel Finlay
Breese Morse, qui avait obtenu en 1813 la
médaille d'or de la Société des Arts
Adelphi » (*F.B.*, 95). L'ampleur de la citation attire l'attention, d'autant que, avec
une feinte surprise, Queneau « découvre »
une « singulière coïncidence » ; le moins
qu'on puisse dire est en effet qu'elle est
aussi singulière que la rencontre des époux
dans *La Cantatrice chauve*, puisque Queneau joue sur le fait que, si tout le monde
connaît l'alphabet morse (ou en a entendu
parler, c'était « au temps de la marine à
voile »), moins nombreux probablement
sont ceux qui savent que S.F.B. Morse était
avant tout peintre, dirigea l'académie des
Beaux-Arts et peignit une « Galerie du
Louvre » — où l'on voit son ami Fenimore
Cooper devant les tableaux exposés. Du
coup, ces quelques lignes qui ne disent rien
que d'exact éveillent le soupçon, on imagine une supercherie, un faux. Queneau
joue avec cette frontière extrêmement
ténue qui sépare pour nous la réalité et la
fiction, et nombreux sont les lecteurs qui se
sentent enclins à une réserve prudente :
l'Hercule mourant est-il un tableau réel ou
inventé ? On ne sait pas bien et, comme il
n'est pas facile de vérifier en allant à la Yale
University Art Gallery, New Haven, Con-
necticut, on reste dans l'incertitude.

L'ensemble du livre apparaît ainsi
comme un puzzle dont les éléments joi-
gnent parfaitement, mais nous n'avons pas
une connaissance ferme et assurée de la
nature ni de la provenance de chacune des

Samuel F. B. Morse : *Hercule mourant*. Yale University Art Gallery, New Haven, U.S.A. Ph. Joseph Szaszfai.

« Par une singulière coïncidence est accrochée juste au-dessus de la tête de Cidrolin une reproduction de *Hercule mourant* de Samuel-Finlay-Breeze Morse, qui avait obtenu en 1813 la médaille d'or de la Société des Arts Adelphi. »

pièces. Se produit alors une sorte d'ébranlement des catégories implicites auxquelles se
tient la lecture habituelle. Nous voilà jetés
dans un univers indécidable où seul un travail d'interprétation et de repérage inces-
sants peut nous rassurer. En intégrant ainsi
des morceaux d'encyclopédie dans le tissu
narratif, Queneau nous incite à mettre en
doute notre savoir, ou ce que nous croyons
savoir. En ce sens, *Les Fleurs bleues* sont un
texte socratique.

" LA LITTÉRATURE DOIT ÊTRE FAITE PAR TOUS... "

Enchâssement, transplantation, insertion
ne concernent pas seulement des morceaux
de savoir, il s'agit d'un véritable principe
d'écriture, qui a toujours existé en Occident à partir d'Homère et qui a été selon les
époques loué ou critiqué et a donné lieu à
des tentatives de théorie sous diverses
dénominations : intertextualité, collage,
impli-citations, réécriture, etc. Ces termes
ne sont pas synonymes exactement, mais ils
désignent tous une procédure analogue
dans son principe : un texte « nouveau »,
original, est composé à partir d'éléments
déjà existants ailleurs dans d'autres textes ;
la transplantation est tantôt visible et même
soulignée, tantôt subreptice, masquée ou
détournée. Il peut même se faire que ces
emprunts soient non aléatoires, mais systématiques, et systématiquement organisés,
programmés, comme dans *La Vie, mode*

d'emploi de G. Perec, roman-somme dédié à la mémoire de Raymond Queneau. Et, comme par hasard, on y trouve au chapitre xcv une description de photographie : « [...] Olivia paraît vêtue d'un pantalon corsaire et d'un tricot marin à rayures horizontales sans doute bleues et blanches, coiffée d'une casquette d'enseigne de vaisseau et tenant à la main un faubert dont il aurait sans doute été inutile de lui demander de se servir » (p. 568), description que le lecteur des *Fleurs bleues* ne peut éviter de lire avec un sentiment de déjà-vu, et, en effet, c'est, légèrement modifiée, la phrase qui décrit l'apparition de Lalix (*F.B.*, 232). Empruntant à Queneau un morceau de texte, Perec ne faisait que lui rendre la monnaie de sa pièce ; *Les Fleurs bleues*, en particulier, sont un livre truffé de citations et de références. Les unes sont aisément repérables, d'autres en revanche sont dissimulées, et, à partir d'un certain degré d'éloignement, peu discernables.

Reprenons, après Barbara Wright et Claude Debon, un inventaire des citations incluses dans *Les Fleurs bleues*. Le relevé présenté ici complète le leur[1] et ne prétend pas non plus être exhaustif. Les passages sont indiqués dans l'ordre du texte.

— L'épigraphe « ὄναρ ἀντὶ ὀνειράτος » vient de Platon, *Théétète*, 201 e. On traduit par « En échange de ton songe, écoute le mien » (E. Chambry), ou dans le monologue de Fabrice « le rêve d'un rêve » (*Zazie*, p. 90) soit « rêve pour rêve ».

1. B. Wright a donné une édition annotée des *Fleurs bleues* (Methuen Educational Ltd, Londres, 1971). C. Debon a dressé son répertoire dans un article intitulé « La récriture dans *Les Fleurs bleues* », *20-50*. Le présent travail leur est largement redevable.

(*F.B.*, 15) — « Ici la boue est faite de nos fleurs. — ... bleues, je le sais. » Baudelaire : « Loin ! loin ! ici la boue est faite de nos pleurs ! » (*Les Fleurs du mal*, « Moesta et errabunda »).

(*F.B.*, 17) — « Alme et inclyte cité... » Rabelais, *Pantagruel*, VI : « De l'alme, inclyte et celebre académie que l'on vocite Lutèce ». Queneau a déjà « détourné » la formule dans *Zazie* (p. 121) : « [...] un souvenir inoubliable de st'urbe inclite qu'on vocite Parouart ».

(*F.B.*, 19) — Le sabir des campeurs est analogue aux divers parlers utilisés par Panurge, *Pantagruel*, VII.

— « Moi : petit ami de tout au monde » : R. Kipling, *Kim* ; le surnom de Kim est « Petit Ami de tout au monde ».

(*F.B.*, 22) — « J'aime Paimpol et sa falaise, son clocher et son vieux pardon... », c'est la célèbre *Paimpolaise* de Théodore Botrel.

— « Ils sont à peine partis que c'est tout juste si je me souviens d'eux », auto-allusion, *Zazie*, monologue de Gabriel, p. 90.

(*F.B.*, 25) — « Qu'on m'y ramène l'an suivant salé dans une jarre. » C'est la vieille chanson des trois petits enfants et du grand saint Nicolas.

(*F.B.*, 27) — « La Sainte-Chapelle, ce joyau de l'art gothique » : lieu commun déjà moqué dans *Zazie*.

(*F.B.*, 29) — « Ad majorem Dei gloriam. » Devise des jésuites : « Pour une plus grande gloire de Dieu. »

(*F.B.*, 30-31) — « Pour le moment, moi

j'appelle ça comme ça. » Lewis Carroll, *De l'autre côté du miroir*, chap. VI : « Lorsque *moi* j'emploie un mot [...] il signifie exactement ce qu'il me plaît qu'il signifie... »

(*F.B.*, 31) — « C'était l'heure où les houatures vont boire. » Victor Hugo, « Booz endormi ». « C'était l'heure tranquille où les lions vont boire. » Dans *Zazie*, ce sont les gardiens de musée (p. 99).

(*F.B.*, 34-35) — *Proverbes au goût du jour*, jeu surréaliste. Éluard et Soupault.

(*F.B.*, 39) — « ce que vous vous gourez, monsieur ! ce que vous vous gourez ! » Autocitation : *L'Instant fatal* « Si tu t'imagines ».

(*F.B.*, 40-45) — Discussion entre Auge et Biroton : l'origine divine ou diabolique des rêves a été l'objet d'une longue controverse théologique parmi les Pères de l'Église, il s'agissait d'établir les règles de discernement des esprits (*discretio spirituum* ou διά-κρισις πνευμάτων sont des questions importantes pour saint Ammonas, Pacôme ou Gerson).

(*F.B.*, 46-47) — La conversation sur les animaux doués de parole (par exemple les perroquets) — a déjà eu lieu dans *Zazie* à propos de Laverdure (p. 144-147), et le passage se termine par : « Magnétophone mes narines » qui évoque les « mon cul » de Zazie.

(*F.B.*, 50) — « Respect aux femmes enceintes et gloire à la maternité ! » Écho d'un mot d'ordre sous l'Occupation.

(*F.B.*, 55) — « Le pays des Amaurotes », repris de Rabelais, *Pantagruel*, XXIII à XXXI.

(*F.B.*, 56) — « du côté du rivage des Syrtes », titre d'un roman de Julien Gracq, *Le Rivage des Syrtes*, dans une formulation proustienne.

(*F.B.*, 57) — « Il n'est susceptible que de croître, jamais de diminuer », réécriture d'un verset de l'Évangile selon saint Jean (III, 30) ; parole de Jean-Baptiste à propos du Christ : « Il faut qu'il croisse et que je diminue » (Bible synodale) ou « Il faut que lui grandisse et que moi, je décroisse » (Bible de Jérusalem). Ce verset a eu de multiples commentaires dans la tradition gnostique.

— « On verra bientôt les aristocrates à la lanterne », écho anachronique (nous sommes en 1234) de la célèbre chanson révolutionnaire, *La Carmagnole*.

(*F.B.*, 63) — « Alors l'histoire pour toi, qu'est-ce que c'est ? — C'est quand c'est écrit. » Définition classique, par opposition à la préhistoire (avant l'écriture).

(*F.B.*, 68) — « Ogre ne daigne, bougre ne veut, Auge suis », réécriture de la devise des Rohan : « Roi ne puis, duc ne daigne, Rohan suis. »

(*F.B.*, 69) — « Notre bonne Lorraine qu'Anglais brûlèrent à Rouen », François Villon, « Ballade des dames du temps jadis » : « Et Jehanne, la bonne Lorraine/ Qu'Englois brûlèrent à Rouen ? »

— « Messire, on dit qu'il y en a mille et trois », reprise de l'air fameux de Leporello dans *Don Giovanni* de Mozart et Da Ponte.

(*F.B.*, 70) — Le discours d'Auge réécrit plusieurs passages de Rabelais (« comme mouches merdeuses »).

(*F.B.*, 72) — « Il en était à un rondeau que Charles d'Orléans s'apprêtait à écrire : Hyver vous n'êtes qu'un vilain »... Le poème figure dans tous les manuels scolaires.

(*F.B.*, 74) — « Le roi n'est pas dans son palais du Louvre aux barrières duquel veille la garde ? » Réécriture à partir de Malherbe, « Consolation à M. Du Perier » ; la mort toute-puissante est ainsi invoquée : « Et la garde qui veille aux barrières du Louvre/N'en défend point nos Rois. »

(*F.B.*, 75) — « Sans nous et la bergerette »... Cette désignation de Jeanne d'Arc vient (probablement) de Charles Péguy.

(*F.B.*, 76) — « C'est à vous que ce discours s'adresse » vient de Molière, *Le Misanthrope* (I, 2). « C'est à vous, s'il vous plaît, que ce discours s'adresse. »

(*F.B.*, 83) — « Le passage sur le boulevard de milliers et de milliers de houatures », G. Perec, *Un homme qui dort*, « ils sont à des milliers et des milliers... » (Folio, p. 144) le reprend de H. Melville, *Moby Dick*.

(*F.B.*, 84) — « En attendant, beuvons ! », leitmotiv dans le *Gargantua*, V, « Les propos des bien yvres ».

(*F.B.*, 87) — Charles d'Orléans *(bis)*.

(*F.B.*, 89) — « Quel diable de langaige est-ce là ? », repris du *Pantagruel*, chap. VI : « Que diable de langaige est cecy ? »

(*F.B.*, 91) — « Vous ne craignez point les coups, que je sache », reprise par antiphrase du portrait de Panurge, qui « s'en-

fouit le grand pas, de peur des coups, les-
quelz il craignoit naturellement » (*Pantagruel*, XXI).

— « Moi, je ne suis pas pour le canniba-
lisme, même considéré comme une farce »
(sic) renvoie à Thomas De Quincey, *De
l'assassinat considéré comme un des beaux-
arts*.

(*F.B.*, 92) — « L'Église apostolique,
romaine et gallicane », variation sur la
« sainte Église catholique, apostolique et
romaine », formule officielle et rituelle.

(*F.B.*, 94-96) — On a vu dans la description du bar Biture une reprise des *Gommes*
de Robbe-Grillet. Le mot « casquette » a
aussi fait penser au couvre-chef de Charles
Bovary. Ces rapprochements ne sont pas,
semble-t-il, assez précis pour qu'on les
regarde comme sûrs. En revanche, l'évocation de Samuel F.B. Morse, elle est tout à
fait patente.

(*F.B.*, 101) — « Ma péniche est une
demeure chaste et pure ». Cet air célèbre
dans le *Faust* de Gounod (sauf « péniche »
bien sûr) faisait le bonheur des réunions de
famille jusqu'à la Deuxième Guerre mondiale.

(*F.B.*, 103) — « Tu quoque fili... » César
aurait prononcé ces mots en reconnaissant
son fils adoptif, Brutus, au nombre de ses
meurtriers. La formule figure dans les
pages roses du dictionnaire Larousse.

(*F.B.*, 104) — « Il s'aperçoit alors que le
sentier était heideggerien. » Jeu de mots
« philosophique » : en allemand, *Holz-
wege* signifie « fausse route, cul-de-sac,

Gouache de Raymond Queneau. Collection particulière © A.D.A.G.P., 1991.

« Et votre gloire, n'y pensez-vous donc plus ? Ne songez-vous donc plus à toutes ces générations futures qui viendront vous contempler bronzé pour l'éternité devant l'orme féodal ? »

Encre et aquarelle de Raymond Queneau. Collection particulière © A.D.A.G.P., 1991.

« ... ce lâche vassal qui préférait le confort de son petit châtiau aux aléas d'une chrétienne expédition du côté de Bizerte... »

Bateau pour Münster. Œuvre de Ludger Gerdès. Ph. Rudolf Wakonigg. D. R. Courtesy Galerie Nelson, Lyon.

« Doucement la péniche remontait le cours du fleuve... Il y avait tant de brouillard qu'on ne pouvait savoir si la péniche avançait, reculait, ou demeurait immobile. »

impasse ». Ce livre de Heidegger a pour titre français *Chemins qui ne mènent nulle part*.

(*F.B.*, 105) — Les « petits caillous » *(sic)* font allusion à Perrault et au Petit Poucet (qui apparaît d'ailleurs à l'avant-dernière ligne, sous la forme d'un nom commun).

(*F.B.*, 107) — *La Carmagnole (bis)*.

(*F.B.*, 109) — « Tu aurais donc ici un gallimard... » Le nom du célèbre éditeur figure dans Rabelais, le terme désigne un étui à plumes pour écrire (*Gargantua*, XIII).

(*F.B.*, 117) — « Il faudrait beau voir », calembour sur le nom de Simone de Beauvoir.

(*F.B.*, 121) — « Don Quichotte ? Le meilleur livre étranger paru en l'année 1614. Je l'ai lu dans la traduction de César Oudin. » Le livre de Cervantes, dont la première partie a paru en 1604-1605, a en effet été traduit en 1614.

(*F.B.*, 125-128) — Il ne faut pas « jeter le manche après la cognée ». Tout le passage réécrit le Prologue du *Quart Livre*... de Rabelais (voir plus bas).

(*F.B.*, 132-133) — Xanthe et Balios, « nobles fils de Podagre », sont les chevaux d'Achille ; ils parlent et, au chant XIX de l'*Iliade*, Xanthos prophétise sa mort à Achille.

(*F.B.*, 133) — « Sthène vient de relire tout Homère en trois jours » reprend Ronsard, *Les Amours*, II : « Je veux lire en trois jours l'*Iliade* d'Homère. »

(*F.B.*, 137) — Timoleo Timolei fait écho à Galileo Galilei de Bertolt Brecht.

(*F.B.*, 137 et 163) — Les termes techniques viennent sans doute de Fulcanelli, *Les Demeures philosophales*, republiées par J.-J. Pauvert et que Queneau a lues en 1964. Timoleo Timolei bégaie d'émotion devant Sthène doué de parole (*F.B.*, 139), et C. Debon note que « la cabale est la langue du cheval ». En anglais, *from the horses mouth* signifie que l'information a été prise à la source.

(*F.B.*, 149) — « J'ai entendu la musique des sphères » reprend, entre autres, le *Timée* de Platon.

(*F.B.*, 151) — « Je trouve cela poétique, même », écho possible de la conversation entre Emma et Léon dans *Madame Bovary*.

— « Copernic soit qui mal y pense. » La devise de la couronne d'Angleterre est « Honni soit qui mal y pense ». Le texte en donne trois versions homophoniques.

— « Eritis sicut dei », Genèse, III, 5, parole du tentateur : « Vous serez comme des dieux. »

(*F.B.*, 152) — « Point encore, noble époux, mais vous y porvoirez », écho de Molière, *Le Malade imaginaire*.

(*F.B.*, 156) — « Schéhérazade », voir les *Mille et une nuits*.

(*F.B.*, 165) — « Mon automne éternel, ô ma saison mentale », alexandrin de Guillaume Apollinaire, *Alcools*, « Signe ». Pour Apollinaire, l'automne est féminin. La citation est humoristiquement avouée par une litote : « C'était de vous : " Ils commencent à migrer. L'automne approche. " — Entièrement de moi » (*F.B.*, 166).

F.B., 170) — Les fossoyeurs font probablement écho à Shakespeare, *Hamlet*, la scène où Hamlet médite sur le crâne de Yorick.

(*F.B.*, 171) — L'ânesse de Balaam proteste contre les coups dont la frappe son maître, et ce « miracle » convertit Balaam (Nombres, XXII, 22-35).

(*F.B.*, 172-174) — La discussion sur l'existence éventuelle d'hommes avant Adam est une célèbre controverse théologique.

(*F.B.*, 176) — « On a bien fourré mon excellent ami Donatien à la Bastille » fait allusion à Sade, dont une formule est citée-détournée page 178.

(*F.B.*, 181) — « Il est en train de lire le *Voyage du Jeune Anacharsis en Grèce* », l'ouvrage a en effet été publié en 1788.

(*F.B.*, 184) —« Mettons que je n'ai rien dit », la formule populaire est courante ; Jean Paulhan l'aimait particulièrement, et il termine ainsi *Les Fleurs de Tarbes* : « Mettons que je n'aie rien dit. »

(*F.B.*, 189) — « Je me demande quand je reverrai mon écurie natale qui m'est une province et beaucoup davantage », l'alexandrin vient de Du Bellay (*Regrets*, XXXI), dans le célèbre sonnet « Heureux qui comme Ulysse... ».

(*F.B.*, 192) — « Grâce pour ce jeune lévite ! », Racine (???)

— « Revenons à nos moutons qui sont d'ailleurs des chats », *La Farce de Maître Pathelin*, dont provient sûrement le « bê, bê... » de Phélise.

(*F.B.*, 198) — « Qui vivra verra », proverbe commun, mais Labal, qui le prononce, va mourir.

(*F.B.*, 199) — Les considérations sur le climat et l'habitat paraissent un pastiche — lointain, plus encore par la tonalité pontifiante que par le contenu — des propos de Homais sur la météorologie (*Madame Bovary*, IIe partie, chap. II).

(*F.B.*, 202) — « Une lanterne. — En plein jour ? », allusion à Diogène, dit le Cynique qui se promenait avec une lampe allumée en plein jour : « Je cherche un homme », disait-il.

(*F.B.*, 205) — « Serait-ce l'entrée de l'Enfer ? » Allusion à Virgile, *Énéide*, livre VI ; à partir du vers fameux, *Ibant obscuri sola sub nocte per umbram*, Queneau compose les variations : « Dans le silence obscur, ils avancent », etc.

— Le « sermon » théologique de l'abbé Riphinte reprend des thèmes classiques dans la querelle du modernisme au début du XXe siècle, en particulier avec la condamnation de Loisy en 1903, année de naissance de Queneau.

(*F.B.*, 207) — « La lumière philosophale » renvoie à la tradition alchimique.

(*F.B.*, 210) — « Et les géants dont parle la Genèse, chapitre six, verset quatre ? » La référence est exacte, les versets sont très mystérieux, « les fils de Dieu » s'unissent aux « filles des hommes » (Genèse, VI, 2-4), ce qui accrédite l'existence des préadamites.

(*F.B.*, 211) — « C'est à cause d'Adam, de sa côte, de sa pomme et de sa chute »,

C. Debon évoque : « Je renonce au démon, à ses pompes et à ses œuvres. »

(*F.B.*, 213) — « Le pape deviendra moutardier. » Au chapitre XXX du *Pantagruel*, Panurge, mort et ressuscité, donne des nouvelles des Enfers où les grands sont condamnés à des métiers humbles (« Xercès crioit la moutarde... Le pape Jules crieur de petitz pastez »).

(*F.B.*, 214) — « Je quitte la France aux nouveaux parapets. » Dans *Zazie*, à deux reprises, on parle de « Gibraltar aux anciens parapets » (p. 120 et 166). Variations sur Rimbaud, « Le bateau ivre » : « Je regrette l'Europe aux anciens parapets. »

(*F.B.*, 222 et 224) — « et moi aussi je suis peintre », en italien dans *Zazie* : « [...] anch'io son pittore » ; formule attribuée au Corrège, peintre italien du XVe-XVIe siècle.

(*F.B.*, 235) — « se réjouit en son cœur », formule homérique.

(*F.B.*, 246) — « aucun des plats que j'aimais tant jadis et naguère », titre d'un recueil de Verlaine, *Jadis et naguère*.

(*F.B.*, 254) — « Je serai superbe et généreux », écho de Victor Hugo, *Hernani*, III, 4 : « Vous êtes mon lion superbe et généreux. »

(*F.B.*, 266) — « C'est tout juste si le vent ne l'emporte », écho de la célèbre complainte de Rutebeuf ; « ce sont amis que vent emporte ».

Ce relevé des citations donne le vertige.

Et il y en a très probablement d'autres, moins perceptibles peut-être, mais qui provoquent pourtant ce léger sentiment de déjà-vu-mais-où ?, sentiment qui peut être agréable et gai, mais qui peut aussi se retourner en malaise puisque à la lecture d'une séquence vient se superposer le souvenir à la fois précis et flou d'une phrase qui aurait été presque identique et qu'on aurait déjà lue, peut-être, sans être sûr.

La plupart des échos que nous avons repérés font partie des « lieux communs » d'une culture littéraire classique, entre les pages roses du dictionnaire Larousse et une sorte d'abrégé cocasse d'histoire littéraire. Ils ont une allure de résumé à l'usage des classes secondaires, et les retrouver constitue un jeu de devinettes.

UNE ESTHÉTIQUE CLASSIQUE

C'est aussi la marque d'une esthétique particulière qu'on pourrait formuler ainsi : un livre est toujours fait à partir d'autres livres — que l'auteur en soit ou non conscient. Le réseau des réminiscences peut prendre plus ou moins d'importance, mais il est toujours présent. Queneau choisit de le rendre systématique de deux façons. La première concerne l'agencement même de la structure narrative. Queneau sait bien qu'il n'est pas le premier à construire un roman sur l'alternance de deux séries homologues qui se répondent en écho. Il le sait d'autant mieux qu'il a lui-même traduit en 1946 un extraordinaire roman de George Du Maurier, *Peter Ibbetson*[1] ; un film remarquable

1. Republié dans la collection « L'Imaginaire », Gallimard, 1978. Queneau avait vu le film de Henry Hathaway en 1935.

l'a fait connaître au grand public. L'histoire commence à Paris par l'enfance heureuse d'un garçon, Jo, et d'une fille, Mimsey ; la vie les sépare ; le garçon passe en Angleterre, où il mène une existence d'une sagesse exemplaire, qui cache une grande exaltation de la sensibilité. Lors d'une soirée, à Londres, il voit passer la duchesse de Towers qui produit sur lui un véritable éblouissement. Quelque temps plus tard, revenu à Paris en pèlerinage sur les lieux de son enfance, il y croise de nouveau la duchesse, et, la nuit même, dans le cours d'un rêve, la rejoint. « Je sentis que *ceci n'était plus un rêve*, mais quelque chose d'autre » (p. 166). La duchesse lui enseigne la technique du « rêve vrai », et bientôt ils s'y retrouvent pour y vivre une existence commune sans rapport avec leurs vies ordinaires. Elle, bien sûr, est Mimsey, l'amie d'enfance, et leur amour (en « rêve » ?) est parfait... Claude Roy, qui a rédigé la présentation de la jaquette, écrit : « George Du Maurier n'avait peut-être pas lu ce philosophe chinois qui, en s'éveillant d'un songe, se demandait s'il était Tchouang Tzeu rêvant d'être un papillon, ou un papillon qui rêvait d'être Tchouang Tseu » *(sic)*. L'analogie est trop forte pour être un simple hasard.

Il existe un autre texte, que Queneau connaissait et qui, lui, a proposé une version moins romantique et plus malicieuse du même thème, c'est « La vie secrète de Walter Mitty », nouvelle de sept pages écrite par le grand humoriste américain

James Thurber. Un Américain moyen très ordinaire conduit sa femme chez le coiffeur, fait quelques courses et attend dans un hall d'hôtel qu'elle le rejoigne. Dans le même temps où il accomplit ses activités prosaïques, il se rêve capitaine courageux pendant la guerre, chirurgien exceptionnel, ennemi public numéro 1, pilote de chasse, condamné à mort immortel. À chaque transition, le bruit de la voiture (« pocketa-pocketa-pocketa-pocketa »), les gants, le crieur de journaux, des photos ou une posture du corps assurent la continuité entre les deux mondes, et même s'il n'y a au commencement guère de doute sur le rêve et la réalité, on en vient au bout d'un moment à hésiter : où, réellement, vit Walter Mitty ? Résolument humoriste, James Thurber fait vaciller nos catégories présumées clairement distinctes ; comme le poids de « réalité » dans *Les Fleurs bleues* passe du héros actuel (Cidrolin) au héros fantastique (Auge). Certes, il s'agit d'une sorte de lieu commun narratif, mais, là encore, l'analogie n'est sûrement pas accidentelle.

On pourrait encore mentionner d'autres « rimes externes », notamment avec *La Machine à explorer le temps* de H. G. Wells, ou, plus près des lectures de Queneau, *Le Crime de Sylvestre Bonnard* d'Anatole France, lu et relu au moment de la composition des *Fleurs bleues*. Nous y reviendrons.

Ph. © Josef Koudelka/Magnum.

« Anda to the campus bicose sie ize libre d'andare to the campus. »

RÉÉCRITURE D'UN PROVERBE

C'est un développement en apparence anodin et simplement burlesque. À Cidrolin qui renonce un peu (trop) vite à son festin, le maître d'hôtel, « pitoyable », c'est-à-dire, au sens ancien, « accessible à la pitié », conseille : « Il ne faut pas jeter le manche avant la cognée » ; Cidrolin corrige : « Après », ce qui provoque un long échange d'ailleurs interrompu par une brève incursion au temps du duc d'Auge. Le propos vise à éclairer la locution proverbiale, et Cidrolin entreprend de raconter l'histoire d'un bûcheron « qui avait laissé tomber le fer de sa cognée au fond d'un abîme » (*F.B.*, 127). Le récit, continuellement interrompu, reste assez obscur, jusqu'à ce qu'on s'avise qu'il est une reprise du *Quart Livre* de Rabelais. Dans le Prologue, l'auteur fait un éloge des vœux médiocres : « J'ai cestuy espoir en Dieu qu'il oyra nos prières, veue la ferme foy en laquelle nous les faisons : et accomplira cestuy nostre soubhait, attendu qu'il est mediocre. Mediocrité a esté par les saiges anciens dicte auree, cest a dire precieuse, de tous louee, en tous endroictz agréable. » Et, après cette formule, Rabelais raconte l'histoire d'Élisée : « A un filz de prophete en Israel, fendant du bois pres le fleuve Jordan, le fer de sa coignée eschappa (comme est escript II *Reg.* 6) et tomba dedans icelluy fleuve. Il pria Dieu le luy vouloir rendre. C'estoit chose mediocre. Et en ferme foy et confiance jecta, non la coignee apres le manche, comme en scandaleux solecisme chantent les diables Censorins : mais le manche apres la coingnee, comme proprement vous dictes. Soubdain apparurent deux miracles. Le fer se leva du profond de l'eaue, et se adapta au manche. » Un peu plus loin, Rabelais reprend une fable d'Ésope, « Hermès et le bûcheron », en imaginant un bûcheron nommé Couillatris. On voit que Rabelais se livre à une réécriture de textes déjà bien connus (la Bible, Ésope) et qu'il les fait servir à son propos, en les interprétant dans le sens d'un éloge de la médiocrité. Ainsi procède à son tour Queneau, sous une allure plaisante qui masque la « leçon morale » : Cidrolin veut s'offrir un repas réussi dans un de-luxe, il croit devoir renoncer à réaliser un vœu trop ambitieux, et le proverbe arrive à point pour l'inciter à persister et lui faire mesurer que son désir n'a rien d'exorbitant. Le tour particulier au passage supprime la gravité inhérente à toute leçon et oblige en quelque sorte au sourire dans le temps même où une prescription est néanmoins formulée. Cela signifie que la réécriture, non contente de constituer une interprétation, concourt à élaborer un style propre et à faire entendre, c'est un paradoxe de plus, une voix originale.

" UNE SEULE PHRASE SANS CÉSURE "

1. Au C.I.D.R.E. (R.Q.) Limoges.

Dans le dossier où sont rassemblées des notes préparatoires pour *Les Fleurs bleues*[1], on peut lire sur une feuille datée de juin 1964 les quelques lignes suivantes :

« Relu dans Borges, la fleur de Carlyle
Ça fiche par terre le thème de l'objet rapporté.
Ou bien alors " faire croire " Magloire est *en fait* antiquaire. »

(Magloire — marque de calvados bien connue — fut un temps le nom de celui qui devait devenir Cidrolin.) La mention de Borges attire l'attention non pas vers Carlyle, mais vers son presque contemporain, Coleridge : Borges, en effet, a écrit une « nouvelle » intitulée « La fleur de Coleridge » où l'on peut lire la « citation » que voici : « Si un homme traversait le Paradis en songe, qu'il reçût une fleur comme preuve de son passage, et qu'à son réveil, il trouvât cette fleur dans ses mains... que dire alors[2] ? » Queneau écarte donc un développement narratif qui reprendrait ce thème, mais cette même nouvelle de Borges introduit un motif, repris dans un autre texte du même recueil, « Le rêve de Coleridge », qui intéresse directement le principe d'écriture des *Fleurs bleues* : s'appuyant sur Valéry, Emerson et Shelley, Borges propose de lire les œuvres littéraires comme des incarnations parcellaires d'une œuvre unique dont chacune ne serait qu'un fragment imparfait : « On dirait qu'une seule personne est

2. J.L. Borges, *Enquêtes 1937-1952*, Gallimard, 1957. Le nom de Carlyle apparaît à la fin de la nouvelle.

l'auteur de tous les livres qui existent dans le monde ; il y a en eux une unité si fondamentale qu'on ne peut nier qu'ils soient l'œuvre d'un seul homme omniscient » (p. 22). Cette proposition provocante dans sa formulation absolue peut être lue comme une sorte d'allégorie de la littérature universelle, où les livres se greffent les uns sur les autres, sans toujours savoir qu'ils sont, chacun, des réponses à des interrogations analogues et des réécritures de tentatives déjà accomplies. Manifestement, l'inclusion, dans *Les Fleurs bleues*, d'un nombre extrêmement élevé de citations et allusions littéraires ne relève pas, ou pas seulement, d'un jeu formel ni d'une attitude humoristique à l'égard des lieux communs culturels ; cela désigne, bien plus profondément, un fonctionnement de l'esprit et de l'écriture où la personne individuelle de l'auteur, tel que nous avions, dans une perspective romantique, pu en imaginer l'autonomie ou ladite « inspiration créatrice », se voit traversée par une masse énorme de formules, de thèmes et d'intentions qui ont commencé bien avant lui et continueront après sa mort. Écrivant *Les Fleurs bleues* comme un puzzle mi-dissimulé, mi-exhibé de citations, Queneau souscrit à une certaine esthétique en même temps qu'il propose, discrètement, une philosophie de l'existence : comme un livre n'est que le représentant actuel du Livre, chacun de nous n'est que l'incarnation présente de l'esprit.

Villejuif : banlieue parisienne. Ph. © Guy Le Querrec/Magnum.

LE RÊVE ET LA PSYCHANALYSE

Une telle position remet en question les notions que nous pouvons avoir communément à propos de l'identité, de la réalité et de la vérité. *Les Fleurs bleues*, sous une apparence joueuse dont la bonne humeur se maintient jusqu'au bout, réalisent un ébranlement très concerté des catégories. L'intérêt pour le rêve, qui constitue une des structures narratives essentielles du livre, n'est certes pas une nouveauté, nous avons, au XXe siècle, pris l'habitude de l'associer à la psychanalyse. Cette préoccupation n'est pas étrangère à Queneau, loin de là. Pour des raisons biographiques d'abord : vers 1932, il a entrepris une analyse, qu'il évoque discrètement dans son poème-roman autobiographique, *Chêne et chien* :

« Je me couchai sur un divan
et me mis à raconter ma vie,
ce que je croyais être ma vie.
Ma vie, qu'est-ce que j'en connaissais ? »
(p. 63).

Il y a tant de façons de concevoir et de vivre l'analyse qu'il vaut la peine de souligner que, pour Queneau, il ne s'est pas agi de trouver une clé permettant d'élucider des mystères, mais de parcourir tout un ensemble de fictions qui ont pour destin de demeurer énigmatiques, postures quotidiennes et figures de soi, au nombre desquelles les rêves, qui entretiennent l'incertitude de leur signification.

« Il y a tant de rêves qu'on ne sait lequel prendre,
mes rêves durent des années
mes rêves sont multipliés
par les récits à faire et les dires à entendre » (p. 66).

Autrement dit, plutôt qu'à un sens défini et révélé, la psychanalyse conduirait à une entreprise d'élucidation sans cesse reprise, et sans cesse à reprendre. L'analyse ne mène manifestement pas Queneau vers l'assurance et la tranquillité, mais au contraire vers l'inquiétude et la quête : « Il y a une petite voix qui parle et qui parle et qui parle et qui raconte des histoires à ne plus dormir » (p. 74), phrase mystérieuse qu'on peut interpréter au moins de deux façons : des histoires angoissantes qui font craindre le sommeil, ou des histoires auxquelles prêter attention maintient en éveil.

« Cette brume insensée où s'agitent des ombres,
comment pourrais-je l'éclaircir ? » (p. 58).

POURQUOI IL NE FAUT PAS RACONTER SES RÊVES

Les romans présentent la psychanalyse de façon moins sombre. Dans *Le Dimanche de la vie*, le soldat Brû adopte, intuitivement, pour écouter les confidences de ses clients, une attitude qui pourrait assez aisément être appelée « écoute flottante », comme dans les écrits analytiques :

« On l'avait d'abord trouvé bien causant, bien agréable, bien commerçant. Lorsque sur les injonctions de Julie, il s'était mis à questionner, discrètement bien sûr, les gens sur leur métier, leurs enfants et leurs malaises, puis sur leurs amours et leur situation financière, il avait tout de suite rencontré une réponse et bientôt il n'eut plus besoin de se fatiguer pour provoquer les aveux, les intimités s'extravasaient d'elles-mêmes et des femmes qui venaient pour la première fois chez Valentin lui donnaient aussitôt la liste de leurs amants et l'état de leurs finances. Au café, même les habitués les plus coriaces lui racontaient leurs petites histoires dans le creux de l'oreille, sans aller toutefois jusqu'à lui demander conseil. Il observa même que mieux il suivait la course du temps sur le cirque désert de l'horloge, mieux se déversaient en lui les faits divers banals, incidents ou secrets que Julie réingurgitait ensuite avec voracité » (*Le Dimanche de la vie*, IV, 26).

L'ironie n'apparaît pas encore franchement dans *Zazie*, en revanche, Laverdure, le perroquet, est l'occasion d'un dialogue narquois :

« [...] ce genre de bestiau me donne des complexes. — Faut voir un psittaco-analyste, dit Gridoux. — J'ai déjà essayé d'analyser mes rêves, répondit l'amiral, mais ils sont moches. Ça ne donne rien. — De quoi rêvez-vous ? demanda Gridoux. — De nourrices. — Quel dégueulasse, dit Turandot qui voulait badiner » (*Zazie*, p. 147).

La psychanalyse est ainsi à la fois incluse et tenue à distance, ou plus exactement placée dans un domaine réservé où le sens est suspendu et où rien ne prouve qu'il soit jamais accessible. En écho au dialogue autour de Laverdure, on trouve dans *Les Fleurs bleues* un curieux échange sur la problématique frontière entre les hommes et les animaux qui aboutit à un cul-de-sac ; à son interlocuteur qui pour les distinguer invoque la parole, Cidrolin rétorque : « Et les perroquets [...], ils ne parlent pas ? — Ils ne comprennent pas ce qu'ils disent. — Prouvez-le, dit Cidrolin » (*F.B.*, 46). Impasse logique donc, mais plus encore. Lalix refuse fermement d'écouter les rêves de Cidrolin — « je trouve ça mal élevé, et, pour ainsi dire, malpropre » (*F.B.*, 158) —, cela tient sans doute au fait que la jeune femme est pudique et réservée, mais bien davantage à ce que raconter ses rêves expose à ce qu'on (les psychanalystes) aille découvrir « la fin fond des choses. Enfin, des gens » (*F.B.*, 157). Il y a un secret, qu'il semble immoral de divulguer.

Or ce secret n'est pas tant affaire personnelle (le ou les petits mystères qui sont en chacun) que l'affaire même du récit — Cidrolin trouve ses rêves particulièrement intéressants : comme tout le monde, fait remarquer Lalix. Il ajoute alors : « Les miens [...], si je les écrivais, ça serait un vrai roman » (*F.B.*, 156). Si par hasard Lalix acceptait d'entendre les rêves de Cidrolin, on aurait tout à coup une suite linéaire ininterrompue racontant les aventures du duc d'Auge à travers les siècles, ce serait un autre roman que *Les Fleurs bleues*, un roman historique classique, dépourvu de ce qui constitue sa tension essentielle, à savoir les ruptures et transitions par lesquelles sont agencées les figures de l'identique et du devenir en une concurrence dynamique. Que Cidrolin puisse à la fois rêver dans ses moments de sommeil, moments nécessairement discontinus, et raconter-interpréter ses rêves dans une continuité reconstituée est impossible à l'intérieur de la trame narrative que nous avons repérée.

" L'INCERTITUDE QUI VIENT DES RÊVES[1] "

1. Titre d'un livre de R. Caillois, Gallimard, 1956.

Il y a autre chose encore. Indépendamment de toute référence à la psychanalyse, les rêves sont là pour interroger des définitions et des frontières que nous tenons pour admises, en particulier entre rêve et réalité. Nous avons pourtant tous éprouvé à un moment ou à un autre, souvent au réveil, une hésitation, un vacillement qui nous ébranlent, au moins pendant un temps ; nous ne savons plus avec certitude où nous sommes, quelle heure il est, ni même parfois qui nous sommes. Et cela est d'autant plus troublant que les repères nous font défaut. Auge rêve souvent qu'il est sur une péniche, « je m'assois sur une chaise longue, je me mets un mouchoir sur la

figure et je fais une petite sieste » (*F.B.*, 42).
Tout va bien, tout est familier et simple ;
oui, pour nous, mais pas pour Auge qui vit
en 1264, ni pour l'abbé Biroton : « Sieste...
mouchoir... péniche... qu'est-ce que c'est
que tous ces mots-là ? Je ne les entrave
point » (*F.B.*, 42). D'où une inquiétude qui
fait s'interroger sur l'origine des rêves :
« Les uns viennent de Dieu et les autres du
diable », dit l'abbé, alors comment les
distinguer ? comment reconnaître ceux qui
nous trompent ? Dans l'*Odyssée*, Pénélope
fait un songe : un aigle vient tuer les oies
dans la basse-cour et elle les pleure, mais, à
l'intérieur même du songe, l'aigle revient
l'interpréter et la console, car les oies sont
les prétendants dont elle va bientôt être
débarrassée. Mais, malgré cet heureux pré-
sage, la femme d'Ulysse est inquiète :

« Je sais la vanité des songes et leur
obscur langage !... [...] Les songes vacil-
lants nous viennent par deux portes ; l'une
est fermée de corne ; l'autre est fermée
d'ivoire ; quand un songe nous vient par
l'*ivoire* scié, ce n'est que tromperies, simple
ivraie de paroles ; ceux que laisse passer la
corne bien polie nous *cornent* le succès du
mortel qui les voit » (XIX, 560 *sq.*, traduction de V. Bérard, Pléiade, p. 818).

La conversation entre le duc d'Auge et
l'abbé Biroton reprend la question, sur un
mode cocasse, en parodiant les distinctions
établies par la tradition des Pères de l'Église
(saint Ammonas, saint Pacôme et plus tard
Gerson), et aboutit à une sorte de constat
banal : « Le plus souvent, si je puis en juger

par mon expérience propre, les rêves n'ont pour objet que les menus incidents de la vie courante », dit l'abbé (*F.B.*, 42), ce qui ne manque pas de piquant en l'occurrence, puisque, on l'a vu, le duc rêve en 1264 les « menus incidents de la vie courante » menée par Cidrolin en 1964.

LES RÊVES ET LE TEMPS

Les Fleurs bleues, sautant d'une époque à une autre, proposent ainsi, sans avoir l'air d'y toucher, une manière d'interprétation : ce qui est étrange à un certain moment devient ordinaire un ou deux siècles plus tard. C'est aussi une manière de reconnaître que les rêves appartiennent à une temporalité différente de celle dans laquelle s'écoule notre vie quotidienne, des événements de dates très éloignées y coexistent sans difficulté. On l'admet généralement pour le passé, Freud a même formulé une proposition étonnante : « L'inconscient est éternel » ; Queneau suggère d'étendre encore la capacité du rêve à embrasser le temps dans son entier. Lors de son voyage en Grèce (1932), il avait emporté, dit-il, quatre livres, parmi lesquels *An Experiment with Time*, de Dunne, qu'il avait l'intention de traduire et dont on retrouve la trace dans *Le Chiendent* avec le personnage de « l'observateur ». Ce personnage, écrit Queneau, Dunne en « fait usage pour expliquer les rêves prémonitoires, l'empruntant à la théorie de la relativité[1] ». Une iden-

1. *Le Chiendent*, chap. I, notamment p. 20 *sq.* ; *Le Voyage en Grèce*, p. 220-221.

Affiche publicitaire de A. M. Cassandre pour Pernod Fils. Collection Galerie Impression © A.D.A.G.P., 1991.

« Ce qui me plaît dans l'essence de fenouil, c'est qu'il n'y a aucun autre mot qui rime avec. Avec fenouil. »

tique traversée du temps par les rêves est au principe des *Fleurs bleues*, on peut en relever des marques tout au long du texte, par exemple sous une forme humoristique dans le personnage de l'astrologue ou dans les prophéties de Sthène. L'agencement même du texte en système d'échos constitue un monde qui, en quelque sorte, se « prophétise » lui-même, puisqu'un élément qui apparaît en un lieu annonce presque toujours une réapparition, un peu plus tard, de ce même élément (légèrement modifié, nous l'avons vu). Mais, au-delà de la plaisanterie et de la technique narrative, cette omniprésence du rêve annonciateur suggère qu'il s'agit là d'un mode de connaissance de la réalité. Cela peut, encore une fois, paraître paradoxal, mais l'insistance de Queneau ne laisse guère de doute : la logique diurne et la raison nous éloignent du réel, tandis que les rêves nous offrent un accès, mystérieux certes mais fiable, au monde vrai.

On trouve trace de cette préoccupation et de cette conviction tout au long de l'œuvre de Queneau. La plupart du temps sous une forme voilée, opinion mise à distance ou entre guillemets, certes, mais insistante. Un exemple : dans *Odile*, le personnage d'Anglarès (qui représente manifestement André Breton, avec qui Queneau règle ses comptes) profère doctement : « Nous avons tous en nous des facultés prophétiques [...] mais il n'est pas donné à tous de savoir les découvrir. » Il faut pour cela que la raison se taise et que l'intelligence s'obscurcisse, il faut se laisser couler dans les abîmes de l'infrapsychisme, alors on connaît l'avenir (p. 68-69). S'il se moque du pontife, Queneau n'en est pas moins fasciné par sa « théorie » de la connaissance inconsciente, et le héros d'*Odile*, Roland Travy, explore « le monde des réalités mathématiques » en supposant que ce monde « échappe à l'empire de la raison » (p. 48). Le rêve est un mode d'exploration, peut-être même le mode par excellence.

LE SAVOIR DU RÊVE

Cela implique qu'on ne rêve pas n'importe comment. On le sait, surtout depuis Freud, les rêves sont organisés selon une grammaire déterminée et une logique propre articulées par deux sortes d'opérations, la condensation et le déplacement, soit les deux combinaisons fondamentales qui structurent le langage humain, à savoir le choix dans le lexique et l'élaboration de la phrase en fonction de la syntaxe. Dans *Les Fleurs bleues*, Queneau joue avec un certain nombre de « figures de style » qui échappent tout à fait à un enchaînement rationnel et qui soit introduisent, soit organisent les rêves. On compte trente-quatre passages d'un état qui semble éveillé à un autre qui semble rêvé ; dans la moitié des cas, cette mutation est abrupte. Cidrolin s'endort et Auge part à l'aventure, un peu à la façon dont on s'endort sans s'en apercevoir. Le contenu même du « rêve » paraît alors, au moins dans un premier temps, autonome et clos sur lui-même, constituant une unité en soi. Les frontières entre « rêve » et « réalité » semblent sûres, garanties pour ainsi dire par le sommeil. Le cas le plus net de cette séparation est le cinéma, évoqué brièvement (*F.B.*, 66) : « Lui laisser faire la sieste : c'est encore son meilleur cinéma », et explicitement vécu et partagé par Cidrolin et Lalix : « Lalix et Cidrolin écarquillèrent les yeux lorsque la lumière se fit de nouveau et sortirent un peu éberlués du cinéma » (*F.B.*, 182). L'identité du rêveur et du rêvé ne fait apparemment pas de doute, même lorsqu'elle est brouillée par l'indéfinition du pronom personnel « il » qui, d'une phrase à l'autre, désigne Cidrolin puis Auge, plus rarement l'inverse. Un exemple (Cidrolin) : « [...] il se couche et s'endort. Il se trouve face à face avec un mammouth, un vrai » (*F.B.*, 103). On doit attendre la phrase suivante : « Le duc jauge froidement l'animal », pour être sûr qu'on est passé de l'autre côté du miroir et que c'est bien Auge qui « jauge ». Encore n'est-il pas totalement certain que le « il se trouve... » désigne entièrement le duc, il faut aller jusqu'à la fin de la phrase (« un vrai ») pour être guidé vers cette identification. Dans nos rêves, d'habitude, nous retrouvons l'identité des figures du songe dans une nomination qui vient « après coup », et, pendant un moment au moins, nous ne décidons pas. Queneau joue très adroitement de la confusion qui règne au moment du passage des frontières.

Souvent aussi les transitions reposent sur un simple écho : Cidrolin → « se remit à regarder au loin. À l'horizon apparut un détachement des compagnies royales de sécurité » ← Auge (*F.B.*, 53), où le passage se fait selon la signification (« au loin » synonyme de « à l'horizon » ; ou sur une pure répétition de termes : Auge → « [...] vous parlez comme un livre. — Il me semble avoir lu ça dans un livre » ← Cidrolin (*F.B.*, 75-76) ; ou dans l'aller et retour pour l'épisode du bûcheron (*F.B.*, 160-162, Cidrolin—Auge—Cidrolin). S'installe ainsi un jeu de va-et-vient qui s'accélère au fur et à mesure que les deux protagonistes se rapprochent l'un de l'autre jusqu'à leur face-à-face (*F.B.*, 217-225) ; cette accélération brouille complètement les frontières entre rêve et réalité, et produit cet effet d'incertitude qu'évoque l'apologue de Tchouang-tseu. Il y a bien indistinction entre les deux domaines ou, plus exactement, confusion des identités.

LE RÊVE CONTINU

Cette confusion conduit à élaborer une technique particulière, découverte par Cidrolin : il l'expose au gardien du camp de campigne : « Le rêve continu, par exemple. On se souvient d'un rêve et, la nuit suivante, on essaie de le continuer. Pour que ça fasse une histoire suivie. — Monsieur, vous parlez à un sourd. — J'ai vécu ainsi au temps de Saint Louis. — Ah le fils à

Blanche de Castille... » (*F.B.*, 197-198).
L'expression même de « rêve continu »
semble particulièrement bien convenir à
Cidrolin, oisif impénitent, qui passe sa vie à
rêver plutôt qu'à vivre, semble-t-il. Elle
renvoie aussi à une question souvent
débattue : peut-on avoir, dans le rêve, le
souvenir d'un autre rêve ? Ainsi formulé, le
problème peut sembler un peu limité ;
pourtant, il tient à une interrogation très
complexe et ancienne sur la nature même
du rêve, sur la capacité du rêveur à diriger
ses rêves, sur la réalité et l'illusion, sur la
suggestion et la puissance de l'imaginaire[1],
sur la nature et la valeur des connaissances
que propose le rêve. Il s'agit bien en effet de
connaissances, mais d'une nature particulière, énigmatiques et, en un sens, secrètes.
Bien que Cidrolin présente son activité onirique comme un divertissement relativement anodin — « c'est très intéressant de
rêver » (*F.B.*, 197) —, le rêve continu lui
permet de parcourir l'histoire en la réinter-
prétant, c'est-à-dire en écartant ce qu'on
pourrait appeler la « version officielle »,
grâce au caractère rebelle du duc d'Auge.
Ainsi, Gilles de Rais n'est pas, ou pas seulement, un monstre bougre et ogre, Donatien
de Sade a pour devise la nature et non ce
que l'opinion commune lui impute, et l'histoire de l'humanité n'a pas commencé à la
date qu'on lui assigne dans les livres de
catéchisme, « en l'an quatre mille quatre
avant Jésus-Christ » (*F.B.*, 173). Il s'agit
bien d'une réécriture de l'histoire, soudain
ordonnée selon des principes différents de

1. Voir, sur ce point, les réflexions de P. Pachet, *Nuits étroitement surveil-lées*, Gallimard, « Le Chemin », 1980.

ceux qu'on y voit à l'œuvre dans la conception habituelle. Pour venir d'un « rêve continu », cette réécriture en est-elle pour autant moins vraie ? Rien ne le prouve ; bien au contraire, tout suggère que *Les Fleurs bleues* proposent, sous un masque plaisant, une vue cavalière de l'histoire de France aussi plausible que l'idéologie commune, même si ou parce qu'elle remet en cause les idées reçues. La technique du « rêve continu » semble, dans la discussion avec le gardien du campigne, s'opposer radicalement à l'activité réflexive. Pendant que Cidrolin rêve, Labal « pense » : « Je vous regarde, moi aussi, et je pense, car je pense, monsieur, je pense » (*F.B.*, 196) ; mais cette pensée dont s'enorgueillit Labal : « [...] et vous allez voir que lorsque je dis penser ce n'est pas là un vain mot que j'emploie ! (*F.B.*, 252), ressemble à tout sauf à un travail de l'esprit, elle aboutit à une constatation des plus triviales, et, au sens propre, irréfléchie : « Tiens, en voilà un qui n'a pas grand-chose à foutre dans la vie » (*F.B.*, 196). Cette présentation suggère nettement que celui des deux interlocuteurs qui « pense » véritablement n'est pas Labal le gardien, mais Cidrolin le rêveur. Le rêve continu n'est rien d'autre que la pensée poursuivie par d'autres moyens, une pensée enfin délivrée de ce qui proprement empêche le véritable travail de penser, à savoir l'ensemble des idées toutes faites, la masse des préjugés.

Nous voici devant une conclusion en apparence paradoxale : on pense mieux en rêvant que lorsqu'on croit penser éveillé. Nous retrouvons là une direction insolite déjà aperçue avec *Peter Ibbetson*, « La vie secrète de Walter Mitty » et les nouvelles de Borges. Il existerait un autre monde — le vrai —, une autre réalité — la vraie —, à laquelle seul le rêve pourrait nous donner accès et dans laquelle les contours délimités de chaque individu particulier se dissoudraient pour laisser place à un être universel susceptible de traverser les multiples incarnations singulières qui le représentent à des moments différents. Cette conception peut paraître insolite, et par exemple Borges, dans « Le rêve de Coleridge », en tire des effets d'énigme extrêmement saisissants ; pourtant, dans *Les Fleurs bleues*, tout se passe de façon très naturelle et immédiatement acceptable selon la logique du récit, logique que nous sommes enclins à accepter tant elle semble aller de soi. Ce n'est pas un des moindres tours de force accomplis par Queneau que de nous faire entrer dans un monde où vrai et faux deviennent peu ou prou indécidables (réalité et fiction indissolublement mêlées) et où, pourtant, un sens tout à fait distinct est fermement et nettement suggéré.

LE DERNIER MOT

Ce sens, bien sûr, ne se donne pas. À aucun moment il n'est énoncé de façon explicite. Comme pour les éléments de l'encyclopédie, les citations littéraires ou les bribes de rêve, c'est au lecteur qu'il revient de le retrouver, construire, inventer. On peut très bien même lire le roman tout entier sans y penser une seconde. Pourtant, son agencement, ses citations plus ou moins patentes, ses effets de rimes internes ou externes, son jeu sur les identités, sur la séparation entre fiction et « réalité », sur le rêve, sont autant de provocations à aller plus loin, à se mettre en chasse, bref à devenir un lecteur attentif.

V — L'HISTOIRE OU LES TEMPS INCERTAINS

Les Fleurs bleues sont aussi, on le pressent, une fresque en forme de fable. Fable au sens d'invention plaisante, cela va de soi, mais aussi au sens de fiction qui met en scène des questions infiniment sérieuses et explore autant que faire se peut des réponses possibles à des interrogations douteuses, c'est-à-dire éveillant plus d'incertitudes que d'assurances. On a remarqué que dans les dialogues de Platon, souvent, l'argumentation rationnelle, qui procède par distinctions successives et enchaînement logique des propositions au bout d'un certain temps achoppe, aboutit à une impasse et ne peut se poursuivre. Platon alors (ou Socrate) raconte une histoire, un « mythe », qui donne à comprendre une autre sorte de pensée, non rationnelle mais cohérente néanmoins, une pensée qu'on ne peut précisément énoncer mais seulement évoquer par le retour à la fiction. Fiction de la caverne pour figurer de manière représentable la façon dont nous prenons pour réel ce qui, en réalité, n'est que silhouettes projetées sur une paroi, ombres chinoises, fiction du cosmos harmonieusement composé d'orbes concentriques dont la rotation crée la « musique des sphères » qu'évoque l'astrologue de Russule (*F.B.*, 149) ; fiction encore de la pesée des âmes après la mort dans *La République*, dans l'extraordinaire récit d'Er le Pamphylien, laissé pour mort sur le champ de bataille et revenu raconter l'au-delà. La « dialectique » ne pouvait pas, sans renoncer à son principe de rigueur rationnelle, c'est-à-dire renoncer à elle-même, formuler de proposition concernant ce qui par nature échappe à la raison. Cette rigueur peut être exprimée en deux formules : le principe d'identité (A est A, A n'est pas B) et le principe d'écoulement du temps, représenté par une suite linéaire analogue aux temps verbaux : passé puis présent puis futur. Cette seconde proposition soulève de nombreuses difficultés — insolubles, comme l'avait clairement exposé saint Augustin au livre XII des *Confessions*, à partir de la constatation que le « présent » tombe déjà dans le passé, comme le futur se mue inéluctablement en « présent ». Le temps, nous savons bien ce que c'est puisque nous l'éprouvons — nous en faisons l'expérience — sans cesse, et pourtant nous ne parvenons pas à le définir. Cette aporie (raisonnement sans solution logique) désigne un écart entre l'expérience et la pensée, écart énigmatique qu'il nous faut malgré tout trouver moyen de réduire. C'est un travail de réflexion qui nous est demandé, imposé même. Il me semble que *Les Fleurs bleues* sont une trace de ce travail pour tenter, par le moyen de la fable, de résoudre des antinomies irréductibles : comment un seul être peut-il exister dans deux lieux et dans deux temps différents ? Comment le temps peut-il à la fois s'écouler sans cesse et ne bouger jamais ? Comment penser l'histoire, lieu privilégié de l'affrontement insoluble entre l'identité et la différence, ou, dit autrement, la répétition obstinée du même et l'évolution, le progrès, le nouveau ? Formulées en ces termes, les questions pourraient paraître abstraites, artificielles ou même scolastiques. C'est justement là qu'il convient de faire attention, car les propositions philosophiques, à cause de leur effort même pour atteindre une nudité logique, oublient (ou effacent) cela précisément qui leur donne leur vivacité et leur force. Comment donc restituer à ces interrogations leur acuité ? Comment rendre perceptible le fait qu'y répondre est d'ores et déjà improbable, et donc que persister à les poser est d'avance vain, voué à l'échec ? Elles sont à tel point abruptes et radicales qu'il faut trouver à les déplacer, ou à se déplacer par rapport à elles, sinon on se trouve soi-même enfermé dans un cul-de-sac.

On se rappelle que *Le Chiendent*, sombre histoire de captation d'un héritage imaginaire, avec ses personnages médiocres et quotidiens, est né d'une curieuse entreprise : traduire le *Discours de la méthode* en néo-français. Dans plusieurs passages on peut lire des argumentations qui relèvent manifestement d'une histoire de la philosophie « revisitée ». L'un d'eux attire plus particulièrement l'attention : « Vous comprenez, la philosophie, elle a fait deux grandes fautes ; deux grands oublis ; d'abord elle a oublié d'étudier les différents modes d'être, primo ; et ce n'est pas un mince oubli. Mais ça encore c'est rien ; elle a oublié c'qu'est le plus important, les différents modes de ne pas être. Ainsi une motte de beurre, j'prends l'premier truc qui m'passe par l'idée, une motte de beurre par exemple, ça n'est ni un caravansérail, ni une fourchette, ni une falaise, ni un édredon. Et r'marquez que c'mode de ne pas être, c'est précisément son mode d'être. J'y r'viendrai. Y en a encore un autre mode de ne pas être ; par exemple, la motte de beurre qu'est pas sur cette table, n'est pas. C'est un degré plus fort » (p. 374-375). On reconnaît là un raisonnement autour des fameuses thèses du *Parménide*, raisonnement qui, avec une dextérité assez étourdissante, jongle avec les grands mots de la tradition philosophique, être et non-être, transposés dans des termes plaisamment familiers, et qui aboutit à ce constat ironique : « C'qui fait qu'la vérité est encore ailleurs. — Dites donc, fit Narcense en bâillant, vous n'allez pas m'parler de dieusse ? — J'suis pas homme à prendre un bonnet de dentelle pour un feutre mou, spa ? répondit Saturnin » (p. 377). Le discours philosophique est obligé de prendre la mesure de son impuissance à embrasser la totalité, obligé de reconnaître qu'il ne saurait énoncer toute la vérité.

On ne trouve pas dans *Les Fleurs bleues* de développement analogue. C'est que les questions y sont abordées autrement, elles y sont mises en pratique plutôt et presque jamais formulées abstraitement, mais offertes à la réflexion par le biais du récit. Sauf exception, on n'y trouve pas de thèses philosophiques mais des fictions à élaborer.

L'HISTOIRE

1. « L'HISTOIRE UNIVERSELLE EN GÉNÉRAL », « L'HISTOIRE GÉNÉRALE EN PARTICULIER », « L'HISTOIRE ÉVÉNEMENTIELLE »

Il existe donc une exception ; ou tout au moins quelque chose qui y ressemble. Des trois questions que le duc pose à Biroton, la troisième concerne « ce que tu penses de l'histoire universelle en général et de l'histoire générale en particulier » (*F.B.*, 40). Après le pugilat, on entend des opinions sur les rêves ou le langage des animaux, mais pour l'histoire les choses sont remises au lendemain. Certes, le développement a déjà atteint six pages, et la règle d'alternance narrative des deux séries invite à suspendre la conversation. Mais c'est aussi que la question est embarrassante, et, quarante pages plus loin (et cent soixante-quinze ans plus tard), Biroton exprime son opinion sur un mode télégraphique qui n'aide guère à se faire une idée bien claire de la distinction à la fois classique et burlesque qui préoccupe Auge. On peut même dire qu'il l'expédie rondement en trois phrases (*F.B.*, 88-89) comme on se débarrasse d'un sujet brûlant. Comprenne qui pourra. Autre exception, la discussion entre les gendres de Cidrolin sur la « tévé » : « Ça leur apprendra l'histoire de France, l'histoire universelle même. [...] Eh bien oui, les actualités d'aujourd'hui, c'est l'histoire de demain. [...]. — Là, mon vieux, tu déconnes, dit Lucet. L'histoire ça n'a jamais été les actualités et les actualités c'est pas l'histoire. Faut pas confondre » (*F.B.*, 62-63). Mais là aussi la réflexion entreprise aboutit à une non-réponse — malgré sa « haute tenue philosophique et morale » (*F.B.*, 65). Ces deux tentatives avortées nous indiquent par contrecoup à la fois la difficulté et l'importance de la question.

Si l'on cherche à comprendre ce que peut désigner la formulation apparemment scolastique, on rencontre très vite un point essentiel : la hiérarchie à établir entre les divers et multiples événements historiques, dont toute tentative pour raconter l'histoire a besoin. Tous n'ont pas la même extension, la même portée, et le premier travail de l'historien consiste en effet à opérer un tri, à distinguer entre l'essentiel et l'accessoire. Cette seule proposition d'évidence montre à quel point le récit historique constitue déjà une interprétation. Il ne manque pas d'événements négligés à un moment et qu'une autre vue historique a dû plus tard retrouver et reprendre parce qu'on comprenait mieux (ou autrement) qu'un détail inaperçu avait eu des conséquences insoupçonnables. Sans parler des falsifications qui ne sont au fond que la caricature de ce qui menace tout historien. Or Queneau a sur ce sujet poursuivi une réflexion ininterrompue, au moins depuis 1933, époque à laquelle il a commencé d'assister aux leçons de Kojève sur la philosophie de Hegel[1].

1. Voir Dossier, p. 235.

En 1938, Queneau publie *Les Enfants du limon*, où Chambernac conçoit le projet d'une « Encyclopédie des sciences inexactes » ; le sous-titre en serait : « Aux Confins des Ténèbres », et à la quatrième partie, intitulée « Le Temps », Chambernac voudrait donner pour épigraphe : « Je pourrais donner l'histoire de notre pays depuis 1789 jusqu'à nos jours, par l'observation de quelques aliénés dont la folie reconnaissait pour cause ou pour caractère quelque événement politique remarquable dans cette longue période de notre histoire » (Esquirol, *Des maladies mentales*, Paris, 1838, t. II, p. 686).

Beaucoup plus tard, en 1961, a paru, sous

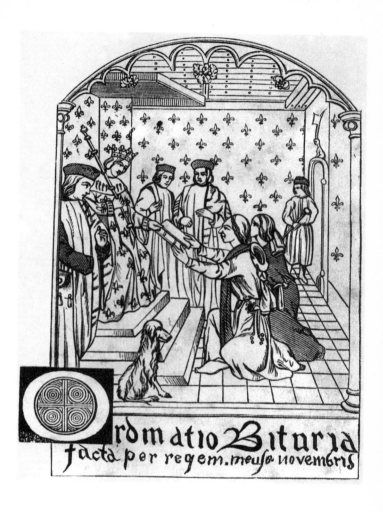

Charles VII reçoit les députés du concile de Bâle apportant les premiers décrets de la Pragmatique Sanction. Miniature d'un manuscrit des Archives Générales. Ph. © Collection Viollet.
« Dis-moi, le concile de Bâle, est-ce de l'histoire universelle ? »

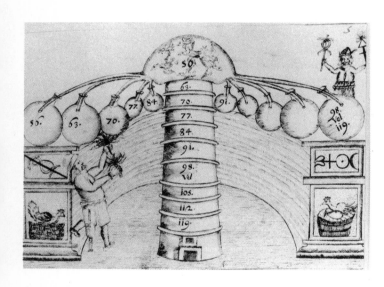

Speculum veritatis. Planche extraite d'un traité d'alchimie. Vulcain (le feu secret) incite les oiseaux au vol, c'est-à-dire à sept sublimations répétées. Bibliothèque apostolique Vaticane, XVIIᵉ siècle. Ph. Éditions Gallimard.

« — Malédiction ! hurle-t-il. Le serin vert s'est transformé en poule de plomb... »

la « direction » de Queneau, dans la Bibliothèque de la Pléiade, un volume intitulé *L'Histoire et ses méthodes* ; dans sa très remarquable introduction, Ch. Samaran, avec un humour assez rare, écrit notamment : « Sans aller aussi loin que Mérimée, qui eût donné, assure-t-il, mais en riant sous cape, tout Thucydide et tout Xénophon pour les carnets intimes d'Aspasie ou de Phryné, tenons pour assuré que l'historien, comme l'abeille, peut faire son miel des plus humbles fleurs » (préface, p. VII). Et le texte se termine par un éloge très chaleureux de Queneau, « dont chacun sait qu'il tient, et avec quelle élégante aisance, la paradoxale gageure d'allier à la fantaisie la plus débridée un sens inné des plus hauts problèmes de l'intelligence » (p. XIII).

Les Fleurs bleues restituent l'indistinction première des événements en mettant au même rang l'humour du duc d'Auge et les croisades, le procès de Gilles de Rais et le ragoût d'alouettes, la Révolution française et les graffitis. Et c'est bien ainsi, dans cette sorte d'équivalence immédiate des heures, que nous vivons l'actualité. Yoland n'a pas tort du tout, malgré les apparences, de dire : « [...] faut confondre !!! Regarde un peu voir. Suppose que tu es devant la tévé, tu vois, je dis bien et je répète : tu vois, Lucien Bonaparte qui agite sa sonnette, son frère dans un coin, les députés qui gueulent, les grenadiers qui se ramènent, enfin quoi tu assistes au dix-neuf brumaire *[sic]*. Après ça, tu vas te coucher, tu dors pendant cent ans et puis tu te réveilles ; alors, à ce moment-là, le dix-neuf brumaire [re*sic*] c'est devenu de l'histoire » (*F.B.*, 63). Sous son allure plaisante, le raisonnement hypothétique de Yoland souligne à quel point nous sommes incapables de deviner dans la multiplicité des événements actuels en apparence anodins (la sonnette de Lucien, Napoléon dans un coin, les grenadiers) celui ou ceux qui vont devenir « historiques ». Nous vivons dans la méconnaissance de l'histoire et c'est la suite des temps, l'enchaînement des causes et conséquences, qui va faire apparaître ce qui sera sauvé de l'oubli. Queneau emploie même, parfois, des termes d'une brutalité surprenante ; dans la présentation qu'il a donnée de l'Encyclopédie, il écrit ainsi : « Une encyclopédie n'est pas une entreprise pour traîner les médiocres à la postérité et imposer leur insignifiant souvenir aux générations futures[1]... » Le savoir humain est aveugle devant l'indistinction du présent.

1. Texte de 1956, repris dans *Bords*, p. 108.

2. LES PÉRIODES

C'est trop dire pourtant ; peut-être ne sommes-nous pas entièrement démunis, peut-être, à la réflexion, disposons-nous de quelques repères pour déchiffrer l'énigme de notre actualité. Il suffit en effet d'un sentiment de répétition pour que des événements au premier abord équivalents se distinguent les uns des autres, et qu'on soit tenté de les regarder non pas tels qu'ils sont dans un pur présent, mais en les reliant à ceux auxquels ils ressemblent dans le passé. À partir de la reconnaissance d'une similitude (ceci *est comme* cela), une sortie du présent est possible. Ce point de départ attire d'autant plus l'attention qu'en allemand, langue dans laquelle écrit Hegel, « identique » ou « égal » se dit *gleich* et que, dans le langage courant, le substantif *das Gleichnis* désigne une parabole (une fable). Ainsi, le sentiment de déjà-vu (dont nous avons pu mesurer l'importance dans *Les Fleurs bleues*) serait à la base de la conscience historique. Ce constat très ancien a suscité de nombreuses théories de l'histoire, généralement conçue sous une forme cyclique, et aussi bien les philosophes comme Platon que les historiens comme Polybe ont essayé de penser le retour des régimes politiques avec pour chacun d'eux une phase de croissance, puis un épanouissement suivi d'un déclin, avant le passage à un autre mode d'organisation sociale. Queneau a été fasciné par ces théories au point de rédiger, à partir de juillet 1942, un texte énigmatique, *Une histoire modèle*, que sa publication, en 1966, sous une forme explicitement inachevée rend encore plus déroutant. Les chapitres (97) y sont outrageusement brefs. Citons en entier le chapitre LXXV :

« *Second aspect de l'histoire*. Qui est celui de la répétition. Alors on définit l'histoire : la science de l'enchaînement des faits collectifs mesurables humains. »

Un peu plus loin, cette fois le chapitre

compte dix-sept lignes, il traite explicitement de la « période » au sens grec, c'est-à-
dire tour complet, révolution des astres :

« Chapitre XCII. *De ce qui revient*. Les
phénomènes primordiaux que l'histoire
peut se représenter comme périodiques
sont ceux qui sont liés à l'astronomie,
l'année et ses différentes espèces notamment, résultant toujours d'une rotation
d'un astre autour d'un autre [...] La grande
année, par contre de sens astronomique, a
été toujours liée à une signification
historique » (p. 109). Or une telle organisation cyclique commande, nous l'avons vu,
le roman tout entier, et nous pouvons peut-
être maintenant mieux comprendre pourquoi il en est ainsi. Nous citions la fameuse
phrase de Marx par laquelle s'ouvre *Le
18 Brumaire...* et qui attribue à Hegel la
pensée d'une répétition de l'histoire ; de
fait, cette thèse paraît familière au lecteur
de Hegel, mais, quant à trouver un passage
précis qui lui corresponde, cela semble plus
difficile. Le plus approchant pourrait bien
se trouver dans les *Leçons sur la philosophie
de l'histoire*, IIIe partie, fin de la 2e section,
lorsque Hegel réfléchit à la mort de César et
à la fondation de l'Empire romain : César à
lui tout seul ne suffit pas pour accomplir le
passage de la République à l'Empire, son
action relève de la contingence, et il faut un
« autre César » qui répète son entreprise
pour qu'on entre dans l'ordre de la nécessité. Dans *Les Fleurs bleues*, Auge se répète
lui-même en réalisant des cycles de cent
soixante-quinze ans, il va ainsi d'un

maximum de contingence (parodie historique, fantaisie verbale et invention
débridée) vers une existence de plus en plus
adéquate à ce qu'on pourrait appeler un
destin ; et le sentiment de nécessité croît au
fur et à mesure du récit, renforcé par la
seconde sorte de rimes, Cidrolin faisant
écho, fût-ce sous une forme inversée, à ses
tribulations. La réussite extraordinaire des
Fleurs bleues tient, aussi, à ce que le récit ne
se donne pas comme l'application d'un
schéma, d'une thèse sur l'histoire cyclique,
nous ne lisons pas une fable qui illustrerait
une « leçon », mais comme la lente élaboration d'un ensemble narratif où les questions
abstraites sont à la fois incarnées et mises à
l'épreuve. Nous sentons bien que
l'incroyable diversité du texte n'est pas
beaucoup plus facile à interpréter que
l'opaque variété et multiplicité de notre histoire actuelle, et que pourtant l'indistinction première y laisse peu à peu émerger un
fil, ténu certes et encore bien secret, mais
solide, qui ouvre un accès à l'énigme de
l'histoire.

3. PRÉVISIONS ET PROPHÉTIES

Dès l'instant où la simple possibilité d'un
savoir sur l'histoire existe, il s'ensuit que
prévoir l'avenir cesse d'être l'affaire des
seuls charlatans. Bien sûr, cela ne les
empêche pas d'exister et de tirer profit de la
crédulité publique ; Russule installe au
château un astrologue très ordinairement
nommé Dupont (du pont de l'Arche ?),

mais c'est surtout par vanité : « [...] moi qui étais si fière d'avoir un astrologue tout comme la reine Catherine. Je pensais à votre prestige... à votre standigne... » (*F.B.*, 149), et non par désir de connaître l'avenir. D'ailleurs, un bref interrogatoire convainc rapidement le duc que Dupont « est tout à fait idiot », tout juste capable de prévoir que si pluie en novembre, Noël en décembre, un peu à la manière dont Rabelais rédigea, pour faire rire des faux mages, la *Prognostication pantagrueline*. L'objet des *Fleurs bleues* est infiniment plus sérieux, donc on chasse l'astrologue : « [...] enfin, bref, Dupont, pars ! » (*F.B.*, 149), avant de presque étrangler le « coquin ». « On s'empresse de le balayer » (*F.B.*, 152). *Exit* le faussaire.

Il existe, heureusement, une ou des manières moins mensongères d'envisager la prédiction. D'abord, sous forme de jeu : parodie de roman historique, *Les Fleurs bleues* peuvent sans souci de sérieux donner au duc d'Auge des rêves prémonitoires (péniche ou voitures) qui lui procurent à bon compte des visions prophétiques, on fait annoncer par les chevaux des événements à venir dans l'histoire du vocabulaire (nostalgie, logorrhée) ou dans la poursuite du récit (ce en quoi ils relaient un lecteur « éveillé » et formulent tout haut ce que nous soupçonnons devoir arriver) ; on peut même, à la faveur d'un anachronisme, évoquer la rencontre à Montignac, en 1789, d'un gamin qui « m'a signalé quelque chose d'intéressant de ce côté-là » (*F.B.*, 188-

Bisons. Grottes de Lascaux. © Arch. Phot., Paris/S.P.A.D.E.M., 1991.

« Ils savaient vachement bien dessiner, les paléolithiques. Leurs chevaux, leurs mammouths [...]
— c'est tous des faux. [...]
— C'est un type au dix huitième siècle qui a peint ça.
— Pourquoi il aurait peint tout ça ?
— Pour emmerder les curés. »
« Regardez moi ce mammuth... cet auroch... ce cheval... ce renne... Greuze ne peint pas mieux. »

189), allusion à la fois inaperçue et transparente à la découverte de la grotte de Lascaux par quatre gamins, Georges Aniel, Simon Coencas, Jacques Marsal et Marcel Ravidat, le 12 septembre 1940. Cette capacité de prévision dépend naturellement du moment chronologique où l'on se place pour envisager la suite des événements, et ce qui paraît un don surnaturel dans l'actualité du présent n'a rien que de normal dès lors qu'on peut aisément se déplacer sur l'axe du temps. Mais cela aussi, comme l'astrologie, conduit sinon à des faux, au moins à une indécision. Pour en rester aux peintures pariétales, le récit ne dit pas positivement qu'elles sont authentiques, pas plus qu'il n'assure nettement qu'elles sont l'œuvre du duc, « pour emmerder les curés » (*F.B.*, 221). Un halo flou, né de la contamination du rêve et de la réalité, nous maintient en dehors de ce qui serait une affirmation certaine.

D'un autre ordre, en revanche, semble l'attente de Queneau. Dans la seule partie publiée de son *Journal (1939-1940)*, on peut lire cette note : « [...] sens prophétique de ce qu'on écrit. Ce qui me confirme dans ma théorie de l'équivalence du passé et du futur (que par exemple l'autobiographie est aussi bien prévision) » (27 août 1939). On serait tenté de lire dans ces lignes une formulation un peu égocentrique (« ma théorie ») du lieu commun « nous sommes ce que nous avons été, nous serons ce que nous sommes », si l'on ne trouvait dans toute l'œuvre de Queneau un ressassement perpétuel autour de ce qu'il faut bien appeler à la fois un espoir et une hantise. Le chapitre XIX d'*Une histoire modèle* s'intitule « De la prévision », et, après avoir évoqué l'âge d'or, état idyllique dans lequel il est impossible d'envisager aucune crise ou catastrophe, Queneau ajoute que, dans l'époque suivante, « on peut retrouver un bonheur encore assez grand, mais il vient un temps où certains hommes *peuvent* (ce qui dans le premier âge est impossible, car ils n'ont pas d'éléments pour nourrir leur imagination) prévoir une crise ou catastrophe analogue à celle qui mit fin à la première époque » (p. 27). Là aussi, nous pourrions lire une formulation du lieu commun « la connaissance du passé nous donne des éléments pour déchiffrer le présent et prévoir l'avenir », mais ce serait encore réducteur. Ces lignes sont écrites pendant la Deuxième Guerre mondiale, dans un temps d'angoisse où l'on se demande de quoi demain sera fait et où le déchiffrement du présent s'impose dans l'urgence d'une situation troublée. C'est là une urgence affective, intellectuelle et aussi politique, que, dans un autre horizon, on a appelé engagement c'est-à-dire le choix aujourd'hui de ce qui sera demain, avec la part énorme de risques que comporte l'interprétation de l'histoire. Queneau, à l'évidence, ne recule pas, il fait même preuve d'une audace qui peut surprendre chez quelqu'un qu'on imagine volontiers soucieux de préserver une autonomie individuelle et la part de la distance, de l'ironie

— qui semble au premier abord tout le contraire de l'engagement.

« Certains hommes *peuvent*... prévoir », l'expression évoque inévitablement la tradition prophétique, avec la hauteur de vues et l'inspiration divines. Plus modeste, Valentin Brû, dans *Le Dimanche de la vie*, se contente (si l'on peut dire) de vouloir visiter le champ de bataille d'Iéna, désir apparemment anodin, jusqu'à ce qu'on en entende le compte rendu au chapitre XVI : « À Iéna, on nous a montré la maison d'un philosophe allemand qui, le jour de la bataille, l'appelait l'Âme du Monde. — Qui appelait-il comme ça ? demanda-t-on. — Napoléon » (p. 233 ou 192 selon les éditions). Cette allusion obscure pour l'entourage de Valentin l'est beaucoup moins si l'on se rappelle que, selon Hegel-lu-par-Kojève, le sage considère toutes choses depuis la fin de l'histoire et que cette fin serait advenue au moment de la bataille d'Iéna en 1807, date qui coïncide avec l'achèvement de la *Phénoménologie de l'esprit*[1]. Dès ce moment Valentin Brû se découvre le don de prophétiser et peu à peu va remplacer la voyante sous le nom de Mme Saphir (contre l'avis général, par exemple, il sait — mais de quel savoir ? — que la guerre est imminente). En fait, il révèle à ses consultants, qui ne veulent pas le savoir, un passé qu'ils lui ont eux-mêmes déjà confié. Mais aussi il a atteint ce stade qui s'appelle, selon Hegel-Kojève, le savoir absolu et où le temps n'existe plus — sous la forme que notre expérience quotidienne

1. Sur ce point, comme sur ceux qui seront abordés plus loin, j'ai profité des réflexions de P. Macherey, *À quoi pense la littérature ?*, PUF, p. 53-73.

lui donne habituellement. Seul alors existe un temps indifférencié, qui englobe tout, passé, présent, avenir, dans une sorte d'indistinction qui ressemble beaucoup à une rêverie éveillée ou à une veille rêveuse, et qui évoque pour nous l'état intermédiaire de Cidrolin, ni tout à fait présent, ni tout à fait absent, un état de latence. Tel serait donc l'état prophétique.

LES DEUX VIES

Mais comment accéder à ce « savoir » de l'histoire, comment devenir « voyant » ? La tradition classique oppose deux choix de vie, la vie active ou pratique où l'on s'occupe des affaires de la cité, où l'on participe à la production et à la distribution des biens, où l'on accepte une responsabilité dans l'exercice de la justice ou du gouvernement, et la vie contemplative, dite « théorétique », où l'on se tient résolument à l'écart de la vie publique pour se consacrer à des activités qui ont toujours paru suspectes au pouvoir : le ne-rien-faire (farniente ou oisiveté : « Tiens, en voilà un qui n'a pas grand-chose à fabriquer dans l'existence », pense le gardien), le rêver ou l'exercice obstiné de la réflexion. Laquelle des deux vies faut-il mener pour atteindre à la sagesse ? Lequel des deux, de l'homme d'action ou du rêveur, a-t-il chance de connaître la vérité de l'histoire ? Quelle voie choisir ? Cidrolin et Auge incarnent, jusqu'à la caricature, les deux attitudes. Le premier, retranché du monde dans une sorte de détachement égoïste, presque inhumain et, en un sens, déshumanisé, ne se soucie apparemment pas de ce qui se passe autour de lui ; il fait la sieste et ne s'occupe que de son médiocre confort quotidien — ce n'est pas de lui, évidemment, qu'il faut attendre quelque élévation de pensée que ce soit. Le second, actif à l'excès, bouillant et même brouillon, d'une insatiable curiosité, mauvais esprit, irrégulier notoire et rebelle impénitent, assassine deux cent seize personnes plus le vicomte d'Empoigne, mais est aussi « réaliste », dans le sens où il ne se paie pas de mots et voit les choses crûment telles qu'elles sont, on pourrait dire aussi avec cynisme et, à sa manière, égoïsme : lors des événements de 1789, il « migre », ou plutôt « émigre ». Faut-il attendre de cette forte tête brûlée, constamment agitée de pensées frondeuses, féodales et rétrogrades, qu'elle saisisse le sens de l'histoire ? C'est bien douteux. Et pourtant, en même temps, au fur et à mesure que le récit avance vers sa fin, aussi bien Cidrolin que le duc semblent aller vers quelque chose qui ressemble à la sagesse — du moins une certaine sagesse particulière, puisqu'elle n'est pas la même pour les deux, bien sûr. L'évolution qu'ils vivent, même si elle est discrète et peu perceptible au premier abord, les mène chacun vers un point depuis lequel la vision de l'histoire est profondément modifiée, comme s'il avait suffi d'un infime déplacement pour tout interpréter différemment, pour tout réordonner dans des termes radicalement autres. Un pas de côté, et la perspective tout entière est changée.

LES CATASTROPHES

Ce pas de côté, tout le monde ne parvient pas à le faire. On se rappelle l'existence oisive de Cidrolin, il trompe son ennui, ou plus exactement se distrait, en allant voir les progrès dans la construction d'un immeuble voisin. C'est un trou d'abord, au fond duquel s'affairent des hommes casqués de blanc ; une pelle mécanique remplit des camions... « Pour un bâtisseur, tout cela doit être intelligible » (*F.B.*, 28) (le terme « bâtisseur » semble particulièrement bien choisi par son éventail de sens possibles, aussi bien constructeur de bâtiments qu'ouvrier d'un monde à réaliser ou maçon — y compris dans l'acception maçonnique. On se souvient de la phrase de Rabelais : « Je ne bastis que pierres vives. Ce sont hommes », et de l'équivoque évangélique : « Tu es Pierre et sur cette pierre je bâtirai mon Église »). Puis l'immeuble sort de terre, avant qu'il soit achevé, Labal en devient le concierge. Ce même Labal, un moment arrêté par Auge qui le prend pour l'auteur des graffitis sur la clôture, vient à la fois « blanchir » Cidrolin, « un innocent subissant deux années de préventive ! » (*F.B.*, 252), et l'accuser, puisqu'on apprend alors que c'est Cidrolin qui s'insulte lui-même. Et

Lalix de commenter : « Vous devez être imbibé d'essence de fenouil quand vous allez gribouiller vos trucs. S'insulter soi-même ! pourquoi pas montrer votre derrière pendant que vous y êtes ? » (*F.B.*, 263). Labal a donc servi de révélateur ; fin limier, il a résolu l'énigme (« Tout comme dans un vrai roman policier », lit-on dans l'avant-propos). Mais, une fois cette révélation accomplie, il se produit une catastrophe, l'immeuble en construction s'écroule[1], aplatissant sous les décombres « le justicier à la con, le judex à la manque ». Comment interpréter cette parabole ? On peut imaginer que l'immeuble et sa construction symbolisent l'activité pratique des hommes qui s'efforcent de bâtir quelque chose qui, inéluctablement, se trouvera un jour ruiné, comme dans la parabole biblique : « Tu es poussière et tu retourneras à la poussière » ou la méditation philosophique de Gabriel dans *Zazie*. Mais ce lieu commun reçoit ici un traitement particulier : l'immeuble à peine fini élimine Labal, celui qui a révélé à tous l'activité honteuse de Cidrolin, le libérant du même coup de son obsession secrète, l'absolvant en quelque sorte de son passé. Il faut pourtant noter qu'un échange entre Lalix et Cidrolin suggère que la mort de Labal pourrait bien n'être pas aussi accidentelle qu'elle le paraît : « Ça ne devait pas être de la si mauvaise construction, cet immeuble. Il n'a pas dû s'effondrer tout seul. Non ? », et que Cidrolin pourrait y être pour quelque chose, soupçon que ren-

1. Queneau a vu un accident analogue se produire dans le quartier de la Bourse — voir *Les Temps mêlés*, p. 9. Cf. aussi le poème de *Courir les rues*, intitulé « Adieu viaduc » : « C'est à coups de grosses sphères / en plomb en cuivre ou bien en fer / qu'on a démoli le viaduc d'Auteuil / le viaduc, comme on dit, il faut en faire son deuil / mais tout de même on conviendra que ce procédé de démolition / dénote chez son inventeur une grande imagination » ; et, bien sûr, l'incendie du Luna Park dans *Pierrot mon ami*, « Folio », n° 226.

force la dénégation : « Vraiment : nous n'y sommes pour rien » (*F.B.*, 272). Affaire classée sans suites. Labal est « gardien du camp de campigne », puis concierge, c'est-à-dire « portier ». C'est lui qui assure la transition entre l'ancien monde, assujetti au travail (le mot signifie étymologiquement « instrument de torture »), au malheur et à la succession temporelle qui mène inéluctablement à la mort, et un monde nouveau dont nous ne savons rien encore[1]. L'effondrement de l'immeuble signalerait ainsi par une catastrophe et un sacrifice que le temps de l'histoire est fini.

« Du passé, faisons table rase. »

1. Les analyses d'A. Calame, *op. cit.*, sont à mes yeux tout à fait convaincantes.

LA FIN DE L'HISTOIRE

La bataille d'Iéna, pour Valentin Brû, est ce moment à partir duquel, tout s'étant définitivement accompli, l'avenir ne sera rien d'autre que la réitération du passé, comme si le temps s'était définitivement arrêté. Et à sa famille un peu éberluée de ses considérations philosophiques à son retour de voyage, Valentin dit tout à coup : « À Madagascar [...], on replante les morts. — Quoi ? firent les trois autres. — On les enterre, dit Valentin, et puis au bout d'un certain temps on les tire de là et on va les enterrer ailleurs. — Quels sauvages, dit Julia. — C'est comme en histoire, dit Valentin. Les victoires et les défaites, elles n'ont jamais leur fin où elles se sont passées. On les déterre au bout d'un certain temps pour qu'elles aillent pourrir autre part » (p. 236, l'édition originale donne « pourrir quelque part », corrigé ensuite en « autre part », p. 195). Ces affirmations brusques surprennent le lecteur autant que l'entourage de Valentin, elles détonnent sensiblement par rapport à l'ensemble du roman et font irrésistiblement revenir à l'épigraphe, qu'on avait pu dans un premier temps parcourir sans y faire attention comme une de ces formules apparemment graves qu'on place en tête d'un récit anodin ou humoristique. Relisons-la, maintenant : « [...] c'est le dimanche de la vie, qui nivelle tout ce qui est mauvais ; des hommes doués d'une aussi bonne humeur ne peuvent être foncièrement mauvais ou vils. Hegel. » La phrase est, elle aussi, énigmatique. Tirée des *Leçons sur l'esthétique*, elle fait allusion à un état post-historique dans lequel passé, présent et avenir se confondent et où le temps disparaît : Valentin en fait, non sans difficulté, une expérience saisissante, qui s'apparente à un exercice spirituel, en essayant de suivre le déplacement de la grande aiguille sur la grosse horloge de « meussieu Poncier » (chap. XIV, p. 163-164). Même si sa tentative peut paraître enfantine et naïve, la visée, elle, est tout à fait sérieuse. Sans bien le savoir, mais en le pressentant néanmoins, Valentin cherche à atteindre un degré d'absence au monde de tous les jours où il peut avoir accès à la totale conscience du monde depuis toujours. Cet état, étrange, ressemble trait pour trait à ce qu'on appelle extase et qui désigne le moment où l'on échappe en quelque sorte à soi-même, où l'on « sort de soi » pour rejoindre l'indistinction du réel. Dans cette indistinction, tout se confond, et en particulier le rêve et la réalité : « Couché sur le dos, il essayait maintenant de découvrir la différence qu'il y a entre penser à rien les yeux fermés et dormir sans rêves. Comme d'habitude, cet effort l'amène à se réveiller aussitôt, neuf heures plus tard... » (p. 170). C'est seulement après cette expérience du temps que Valentin découvre peu à peu ses dons prophétiques. L'analogie avec Cidrolin est trop précise pour n'être qu'un hasard, elle suggère que l'homme de la péniche, lui aussi, s'exerce, en dépit des apparences, à faire une expérience singulière du temps, d'ailleurs tout à fait couronnée de succès, puisque son « ascèse » lui permet de vivre sous Saint Louis, Louis XI, Louis XIII et Louis XVI sans pour autant quitter sa péniche. Là où le voyageur de H. G. Wells[1] a besoin d'une machine étrange et sophistiquée, il ne faut à Cidrolin que la sieste — et un peu d'essence de fenouil pour aider à l'ivresse prophétique. « Aussitôt » et « neuf heures plus tard » ne sont qu'un seul et même instant pour Valentin, comme pour Cidrolin les cinq enjambées de cent soixante-quinze ans. Dans *Le Dimanche de la vie*, le temps est aboli. Même si nous avons, confusément, idée de ce que cela peut signifier, la formule demeure énigmatique, et demande réflexion.

1. *La Machine à explorer le temps*, « Folio », n° 587.

On peut concevoir cette curieuse proposition de plusieurs façons. Imaginons, par exemple, un être qui disposerait d'un savoir lui permettant de distinguer dans l'actualité d'aujourd'hui ce qui va, ou doit, se produire demain ; il saurait reconnaître la loi du développement historique et pourrait ainsi exercer son action conformément à sa clairvoyance — on nomme cela une « hauteur de vues ». Pour y atteindre, une condition nécessaire : se déprendre des préjugés qui dominent les esprits et déforment la perspective. Un tel recul par rapport à l'opinion commune caractérise à l'évidence le duc d'Auge, dont l'un des traits dominants est le « mauvais esprit » : aucun scrupule moral ne l'entrave, aucune considération idéaliste ; il est cynique et ne prend en compte que la situation de fait — qu'il s'agisse de partir à la croisade, de payer son amende, de tapoter la croupe de la servante ou d'expédier dans l'autre monde l'amant de sa femme ; à Pouscaillou qui demande : « Il est vraiment mort ? » il répond froidement : « S'il ne l'était pas encore [...], il le serait bientôt : cette dame l'étoufferait » (*F.B.*, 175). On peut remarquer d'ailleurs qu'un tel cynisme apparaît dans d'autres circonstances, étonnant de brutalité par exemple chez le « justicier » Labal : « J'ai zigouillé comme ça trois à quatre cents personnes qui m'avaient paru insuffisamment châtiées ; si ce chiffre vous étonne, je dois vous avouer que je ne m'intéresse qu'aux cas graves et je ne connais qu'une seule rectification aux jugements erronés, la peine de mort » (*F.B.*, 251)[1]. Rebelle à toute loi humaine, sans aucun respect pour aucune valeur sociale, Auge est bien semblable à ses « amis » Gilles de Rais et Donatien de Sade, dont il conteste avec vigueur qu'on puisse les considérer comme des monstres. C'est ainsi qu'on peut entendre la devise : « Le naturel, il n'y a rien de plus naturel que le naturel. Telle est la devise de mon excellent ami Donatien » (*F.B.*, 178), non simplement comme un pléonasme provocateur, mais comme une maxime qui indique que la « nature » n'est pas, comme nous l'imaginons d'habitude, harmonieuse et paisiblement accordée à la morale. C'est un lieu sauvage où s'affrontent des forces impitoyables. Amoral, le duc peut voir ces forces qui échappent à ceux pour qui les « valeurs » ont de l'importance, il connaît « le dessous des cartes » et ne se fait pas d'illusions sur l'espèce humaine[2]. Par là, il se libère, d'une certaine façon, des erreurs circonstancielles, en même temps il sort de l'humanité, il est « une force qui va » et traverse l'histoire en accomplissant sa nature sans se laisser arrêter par autre chose que les rapports de force, il est solitaire et semble ne rien espérer des hommes.

1. Par une singulière coïncidence, Peter Ibbetson prononce une phrase curieuse : « Je suis fatigué de tuer les gens qui mentent au sujet des femmes » (p. 148).

2. Il y a en lui une part de ce qu'on pourrait appeler l'esprit *Canard enchaîné*, une volonté de « ne pas être dupe » souvent sarcastique.

SORTIR DE L'HISTOIRE

Il s'agit bien, en effet, de sortir de l'histoire, aux deux sens du mot — le livre se termine, Queneau a fini de raconter son histoire, mais aussi sortir de la succession chronologique des événements. Auge rejoint Cidrolin en 1964, c'est-à-dire l'année même où le livre est en train de s'écrire ; la fiction racontée et le présent de l'écriture coïncident dans un temps suspendu sans qu'on puisse savoir proprement ce qui va advenir. Il y a dans ce présent à la fois tout le passé qui se ramasse, toute l'actualité du livre qui s'achève et une porte ouverte sur l'avenir. Reprenons le chapitre LXXXVI de *Une histoire modèle* :

« *Travail et littérature*. La littérature est la projection sur le plan imaginaire de l'activité réelle de l'homme ; le travail, la projection sur le plan réel de l'activité imaginaire de l'homme. Tous deux naissent ensemble. L'une désigne métaphoriquement le Paradis perdu et mesure le malheur de l'homme. L'autre progresse vers le Paradis retrouvé et tente le bonheur de l'homme » (p. 103).

La proposition sépare sensiblement bonheur et malheur, travail et littérature, nostalgie et espérance. Or *Les Fleurs bleues*, à la différence de la plupart des romans, en particulier des romans réalistes, « finissent bien ». Cidrolin, sans dévier en quoi que ce soit de sa conduite ordinaire, sans effort donc, rencontre l'amour ; rien n'est explicitement dit et tout semble aller de soi, mais

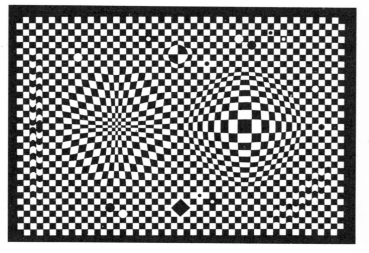

Encre et aquarelle de Raymond Queneau. Collection particulière © A.D.A.G.P., 1991.
« Les pois sont de forme elliptique ; le grand axe de chacun d'eux a six millimètres de long et le petit axe quatre, soit une superficie légèrement inférieure à dix-neuf millimètres carrés. »

Vasarely : *Véga 1957*. © S.P.A.D.E.M., 1991.

la dimension sentimentale n'est pas absolument flagrante[1]. Peu à peu, pourtant, une douceur inaccoutumée s'installe ; Cidrolin accepte de se laisser soigner quand il est malade : « Au fond, ce n'est pas la mauvaise vie » (*F.B.*, 217). La révélation de l'identité du graffitomane provoque une sorte de crise au cours de laquelle on entend Lalix dire : « Je m'étais attachée à vous » (*F.B.*, 262), et Cidrolin : « Je serai très malheureux si je vous ai fait de la peine » (*F.B.*, 263), comme si l'aveu amoureux ne pouvait décidément pas se faire au bon moment (« Il est bien temps de dire ça ») ; tout semble perdu, elle part, mais heureusement Auge persuade la jeune fille : « Et je parie que vous l'aimez toujours » (*F.B.*, 268). Bien, heureux dénouement. Mais « tout le narratif naît du malheur des hommes » (*Une histoire modèle*, p. 21), Lalix et Cidrolin quittent donc l'Arche un peu avant la fin de l'histoire ; Auge manœuvre la barre avec un grand plaisir : « Il aperçut Cidrolin et Lalix qui descendaient dans le canot et le détachaient ; ils eurent bientôt rejoint la rive et disparurent » (*F.B.*, 276 et dernière). L'aventure proprement humaine est terminée, le récit va se clore, tout est bien qui finit bien, comme dans les contes.

APRÈS...

Il reste pourtant à lire un paragraphe et à parler d'Auge. Il traverse l'histoire de

France, retrouve Cidrolin, mais, quand celui-ci s'éclipse discrètement, les tribulations du duc ne sont pas terminées. Lui aussi va sortir de l'histoire, mais à sa façon. Dès que Lalix et Cidrolin ont quitté l'Arche, il se met à pleuvoir — « Il plut pendant des jours et des jours » (*F.B.*, 276) —, et il serait bien étonnant que Queneau n'ait pas pensé à Noé et au déluge. La terre était si corrompue, « toute chair avait corrompu sa voie sur la terre » (Genèse, VI,12), que Dieu décide de tout détruire à l'exception de la famille de Noé et d'un couple de chaque espèce, réunis sur l'arche. Vient le déluge, pluies torrentielles qui noient tout, « et les eaux furent grosses pendant cent cinquante jours » (VII, 24). La navigation dura six mois, alors les eaux se retirèrent et l'arche s'échoua sur le mont Ararat ; deux mois plus tard, la terre est sèche, les passagers descendent de l'arche, et Dieu leur dit : « Croissez et multipliez » (IX,1). Tous ces éléments se retrouvent dans le chapitre XXI, tous ? pas tout à fait, Dieu n'apparaît pas, mais Auge fait spontanément ce que Noé fait sur ordre. On peut imaginer que l'humanité des *Fleurs bleues* a, comme celle de la Genèse, disparu. Mais ce qui est certain, c'est que le temps et l'espace ont changé : le temps perd toute mesure (« des jours et des jours ») et devient indistinct comme si tous les instants y étaient réunis dans un seul moment indéfini. L'espace, lui aussi, subit des distorsions frappantes. La péniche était amarrée près du bois de Boulogne, Auge veut rentrer chez lui, soit, d'après ce que nous savons, à Pont-de-l'Arche non loin de Rouen. Or la péniche remonte le cours du fleuve au lieu de le descendre. Il convient sans doute d'entendre cette indication non dans un sens strictement géographique, mais probablement en ce qu'elle évoque une dimension autre (le *nostos* grec, d'où vient la « nostalgie » inventée par Stèphe, signifie « retour », et la tradition lui a donné le sens de « retour à l'origine »), et la logique symbolique suggère la notion d'un retour à l'aube du monde, aux premiers jours de la Création. Auge, héros d'une œuvre littéraire, a *travaillé* pour progresser vers « le Paradis retrouvé[1] ». On remarque aussi que la péniche est animée de mouvements énigmatiques : « Il y avait tant de brouillard qu'on ne pouvait savoir si la péniche avançait, reculait, ou demeurait immobile » (*F.B.*, 276). La phrase mérite d'autant plus examen que, dans la version manuscrite, le mot « reculait » ne figurait pas ; Queneau a donc délibérément souligné cette incertitude dans laquelle l'orientation du déplacement n'a plus d'importance : lorsque le temps n'est plus qu'un seul et même moment, le mouvement n'existe plus, le lieu lui aussi disparaît. On en relève un signe : la péniche « finit par s'échouer au sommet d'un donjon », l'article indéfini montre bien qu'il s'agit d'un lieu indéterminé, peut-être le même que celui de la première page (c'est possible aux yeux de qui n'accepterait pas la lecture que je propose), mais plus sûrement *un* donjon équivalant à

1. Notes manuscrites prises au cours de Kojève (26 mars 1936). Voir Dossier.

tout donjon et qui n'a nullement besoin d'être tel ou tel donjon, en particulier pas le « donjon de son château » (*F.B.*, 13), on ne voit pas à la dernière page de marque de possession pour les propriétés humaines. Dernière remarque : le duc considère, « un tantinet soit peu, la situation historique ». Nous avons suggéré que l'histoire était terminée, qu'on avait accédé à un autre ordre, et, de fait, Auge ne voit plus subsister aucun vestige du passé : « Une couche de vase couvrait encore la terre »... elle recouvre l'histoire humaine, et, si l'analogie avec le déluge est pensée jusqu'au bout, cela signifie que le mal n'existe plus et qu'on en est revenu *avant* le péché originel, *avant* la chute du jardin d'Éden. L'innocence serait donc retrouvée ? rien n'est dit aussi brutalement, bien sûr, seulement, « ici et là, s'épanouissaient déjà de petites fleurs bleues ». On suppose qu'elles n'ont rien de vraiment mauvais... et qu'elles seraient plutôt le signe du bonheur, cet état sans histoire dont il est impossible d'imaginer la fin sans le détruire aussitôt, état dont *Une histoire modèle* proposait justement une évocation au chapitre XVII : « *De l'âge d'or.* Dans cette hypothèse, on considère un groupe humain plongé dans le bonheur. Cet âge n'a pas d'histoire. Lorsque l'histoire cesse, cet âge on réintègre » (p. 25). Auge l'irréductible, le réfractaire, malgré ses « tares » morales[1] semble avoir réussi sa réintégration dans l'âge d'or.

1. « Est bien ce qui existe. Toute action est négative — et mauvaise. Mais le péché peut être pardonné. Comment ? Par son succès. Le succès absout le crime. Mais comment juger du succès ? Il faut pour cela que l'histoire soit terminée » (*Journal*, 26 mars 1936).

DE LA FABLE

Il existe dans la sagesse de l'islam un précepte concernant les rêves : on conseille au rêveur de bien choisir celui à qui il va confier son rêve et, s'il se peut, de le garder pour lui-même : « Le rêve, est-il dit, est au premier interprète ; tu ne dois le conter que dans le secret, comme il t'a été donné... Et ne raconte à personne le mauvais rêve. » Autant pourrait-on dire de la fable, récit déroulé selon la structure et les contraintes de n'importe quelle narration vraisemblable — plus ou moins vraisemblable —, mais qui contient des possibilités de sens à découvrir. Il arrive ainsi que les fables de La Fontaine s'achèvent non par une, mais par plusieurs morales. Et même quand une morale est explicitement formulée, rien n'assure qu'elle convienne au récit, et encore moins qu'elle soit la seule. C'est au lecteur, « premier interprète », de concevoir, d'élaborer un sens. *Les Fleurs bleues* sont une fable à interpréter, et il est à l'évidence bien aventuré de se décider pour une signification exclusive. Parodie, réécriture, encyclopédie humoristique d'un savoir répertorié, geste épique, apologue présentant les deux grands types de vie humaine, interprétation philosophique de l'histoire, lecture gnostique des textes bibliques, poème, roman policier, farce, *Les Fleurs bleues* sont tout cela. Non content de parler de la fin de l'histoire, ce roman se présente comme s'il était le dernier livre, celui en qui se résument tous ceux qui l'ont précédé et qui inaugure une autre sorte d'œuvre, celui qui accomplit la littérature tout entière et se pose comme une pierre de seuil avant l'accès à un autre monde dans lequel les catégories anciennes ne vaudront plus — temps et espace, identité et double, rêve et réalité, poésie et vérité. Au contraire d'autres romans de Queneau qui introduisent à la fin du texte une allusion au romancier *(Le Chiendent)* ou une mention explicite du nom d'auteur *(Les Enfants du limon), Les Fleurs bleues* effacent le narrateur au profit d'une impersonnalité essentielle. Dans les notes manuscrites (inédites) qu'il a prises au cours de Kojève, Queneau écrit : « Kojève distingue entre la réalité dialectique (anthropologique) et la réalité du monde naturel qui n'est pas dialectique et reste identique à elle-même, mais Hegel est moniste. D'où sa conception circulaire de la vérité et son '' escamotage '' de l'homme. L'histoire doit être circulaire ; l'histoire doit s'arrêter et ce n'est qu'à ce moment que la vraie philosophie doit se réaliser [...] Les étapes de l'histoire deviennent des illusions au moment où la vraie philosophie se constitue (celle de Hegel). En définitive, ce qui est vrai, libre, etc., c'est l'absoluter Geist. Ce n'est pas l'homme » (daté du 23 janvier, probablement 1935, mais il y a rature). Peu importe si ce genre de considérations se trouve ou non chez Hegel, ce qu'on retient en revanche, c'est qu'à la fin de l'histoire ou de la philosophie, ou de la littérature, l'homme devient en quelque sorte une illusion. Dans la version manuscrite du dernier chapitre figurait une phrase qui a disparu du texte imprimé : Cidrolin et Lalix quittent la péniche, Queneau avait d'abord écrit : « Le duc se demanda ensuite s'il n'avait pas rêvé », puis il a supprimé la phrase. Sans doute la « rime » avec les rêves de Cidrolin aurait-elle été trop insistante, mais surtout elle aurait été déplacée : Auge n'est plus rêve d'un rêve, il est en train de passer du côté de l'esprit absolu. Mais cette lecture, hégélienne-kojévienne, ne suffit pas à elle seule.

Pour accéder à l'autre monde, il faut « dépouiller le vieil homme ». Le dernier chapitre doit se lire à la lumière de la Genèse, assurément, mais aussi de l'Apocalypse. Dans la vision de Jean, les gardiens du trône louent sans cesse Dieu, appelé « le Tout-Puissant, qui était et qui est et qui vient ! » (IV, 8), et, après le passage des fléaux sur la terre, après la ruine des constructions humaines et en particulier de Babylone (XVIII), viennent les nouveaux cieux et la nouvelle terre, « car le premier ciel et la première terre avaient disparu, et la mer n'était plus » (XXI, 1). C'est le règne de « l'Alpha et l'Oméga, le commencement et la fin ». Un roman n'est pas (et ne peut pas être) un traité de théologie, bien sûr, mais il s'y propose, semble-t-il, une sorte de parabole qui dessine le parcours d'une aventure spirituelle. Au-delà d'une somme qui réunit un nombre extraordinaire de données dans un syncrétisme sans équivalent dans la littérature française depuis

Rabelais, c'est surtout un récit initiatique. À le lire, on se trouve lancé dans un travail d'interprétation sans fin, et invité à parcourir des chemins symboliques, comme ces jardins médiévaux, pleins de fausses pistes et de culs-de-sac, au centre desquels jaillit la fontaine de vie, pousse la fleur éternelle ou attend la femme dont on rêve.

VI   AU CŒUR DU JARDIN

Les Fleurs bleues ne se contentent pas, si l'on ose dire, d'une ambition aussi démesurée. Il y a, en plus de ce que nous avons relevé, une série de symboles particulièrement riches et importants qu'il nous faut maintenant chercher à éclairer. Comme dans toute œuvre allégorique, ces symboles à la fois se montrent et se cachent, ils offrent leur sens et le dissimulent, obligeant celui qui veut les comprendre à un travail de décryptage dans lequel on ne se lance pas sans risques, puisqu'on s'expose toujours à « surinterpréter » dans un mouvement de prolifération signifiante qui peut revêtir parfois des formes délirantes. Essayons pourtant.

Gouache de Raymond Queneau. Collection particulière © A.D.A.G.P., 1991.
« ... je me demande quand je reverrai mon écurie natale qui m'est une province et beaucoup davantage. »

Aquarelle de Raymond Queneau. Collection particulière © A.D.A.G.P., 1991.
« Il ne sent plus la terre ferme sous ses pieds, il a l'impression de vaciller, la chaumière commence à voguer, incertaine... »

L'ESSENCE DE FENOUIL

Tout au long du texte court un motif qui revient comme un rituel, sous une dénomination unique, mais avec des inflexions variables selon les circonstances : l'essence de fenouil revient cinquante-neuf fois scander le passage des heures en apportant réconfort, plaisir et parfois excès. C'est évidemment une liqueur apéritive qu'on boit généralement allongée d'eau plate et, même si son nom est insolite, la chose, elle, est familière. Il suffit de consulter le dictionnaire pour y lire : « *fenouil*, n. m. (lat. *feniculum*, petit foin). Genre de plante aromatique de la famille des ombelliféracées, dont les feuilles, à longue gaine, possèdent des folioles en lanières fines : *l'infusion de fenouil est carminative* » (« *carminative* : se dit des remèdes qui ont la propriété d'expulser les vents de l'intestin ») ; et si l'on revient à la lettre *a* : « *anis*, n. m. (gr. *anison*). Plante de la famille des ombelliféracées, produisant des akènes dont on extrait une essence aromatique servant à parfumer certaines boissons alcoolisées » (« *akène* : fruit sec indéhiscent, à une seule graine »). L'analogie suggère fortement qu'il s'agit de quelque chose comme le pastis, mais, en même temps, Queneau empêche une traduction terme à terme : la marque favorite de Cidrolin est Le Cheval Blanc (*F.B.*, 123, 124, 232, 260) où chacun peut reconnaître White Horse qui, comme on sait, n'est pas de l'anisette, mais du whisky, boisson dont la diffusion en France date justement des années soixante. L'essence de fenouil est du pastis et autre chose à la fois, c'est un breuvage complexe, tour à tour cordial et nocif, salutaire et malfaisant, il berce l'âme et aide à l'ivresse visionnaire — à bien des égards, lorsque Cidrolin s'enfonce dans la sieste, il « cuve », et c'est alors qu'il rêve, mais aussi, sous son emprise, on ne sait plus très bien ce qu'on fait : « Vous devez être imbibé d'essence de fenouil quand vous allez gribouiller vos trucs », dit Lalix (*F.B.*, 263). Ici encore, on peut percevoir comme un écho de Rabelais et des effets heureux et malheureux de « la purée septembrale » (le raisin pressé). L'essence de fenouil a les caractéristiques du φάρμακον, breuvage médicinal, potion magique ou philtre surnaturel, qui peut certes être bu comme un médicament, mais plus généralement fait sortir les hommes d'eux-mêmes et les expose aux puissances mystérieuses et irrationnelles. Les hommes et non les femmes : Lamélie trouve que son père boit trop et le met en garde : « L'essence de fenouil, ça rend fou, c'est écrit dans les journaux » (*F.B.*, 52), où l'on entend un écho du lieu commun fin de siècle autour de l'absinthe — voir Zola, *L'Assommoir*, ou la légende de Verlaine. Que ce breuvage concerne uniquement les hommes, ces éternels abstracteurs de « quinte-essence », est explicitement signalé par une brève discussion sur les rimes : « Ce qui me plaît dans l'essence de fenouil, c'est qu'il n'y a aucun autre mot qui rime avec. Avec fenouil. — À moins qu'on ne change de genre, dit Lalix. — On n'a pas le droit, répliqua le duc » (*F.B.*, 246). Il n'est pas très difficile d'imaginer à quel mot pense Lalix, entre « bouille » et « douille », « fouille », « houille », « mouille », « nouille », etc. Au-delà de l'allusion grivoise, c'est bien dire que l'essence de fenouil, rime masculine, ne peut pas avoir de correspondance féminine, et aussi que cela « ne rime à rien », les hommes passent leur temps à des entreprises sans écho, sinon vaines.

Le breuvage en effet entretient avec les recherches alchimiques des relations à plusieurs reprises évoquées. D'abord discrètement à l'aide de termes peu courants : « un petit verre d'une liqueur ecphractique » (*F.B.*, 32), « qu'on verse de l'hypocras et de l'hydromel, pour ne pas trop abuser de l'essence de fenouil » (*F.B.*, 120), puis plus clairement lorsque la mise au point de ladite liqueur est attribuée à Timoleo Timolei (*F.B.*, 172 et 232). C'est alors que Cidrolin questionne Auge sur ses recherches : « Découvrîtes-vous la pierre philosophale ? l'élixir de longue vie ? — Voulez-vous que je sois franc ? demanda le duc. — Je le veux, répondit Cidrolin. — Nous ne découvrîmes rien de tout cela, répondit le duc. — Seulement l'essence de fenouil ? demanda Cidrolin » (*F.B.*, 233). Cet échange nous incite à revenir en arrière, à une conversation entre le duc et Sthène, conversation fort mélancolique et désabusée : les prêtres ne cessent de critiquer les recherches alchimistes, mais, dit le cheval, « si votre alchimiste parvenait à fabriquer l'élixir de longue vie, ils en boiraient bien un petit verre eux aussi. — Nous n'en sommes pas encore à l'élixir de longue vie, et nous nous contentons pour le moment de la poudre de projection. — Et ça marche ? — Je n'en vois pas la fin » (*F.B.*, 162). Est ainsi suggéré que l'essence de fenouil est un ersatz de la liqueur par excellence, celle qui prolonge la vie, liqueur susceptible de donner accès à l'éternité. Faute d'avoir découvert l'une, on se console avec l'autre : « On va toujours se taper celle-là », dit la comtesse, consommatrice exceptionnelle (*F.B.*, 233). C'est que l'alchimie est « recherche bien noire » (*F.B.*, 151), et l'élixir de longue vie une denrée satanique, puisqu'elle ferait sortir les hommes de leur finitude en leur permettant d'échapper à leur condition mortelle. À son sujet, Onésiphore évoque la parole du tentateur dans la Genèse, « *eritis sicut dei* » (« vous serez comme des dieux »), lorsque le serpent conseille à Adam et Ève de manger la « pomme prétendue elle aussi de longue vie... » (*F.B.*, 151)[1], ce que nous savons constituer dans la tradition chrétienne l'acte qui mit fin au jardin d'Éden, à savoir le « péché originel ». Nous sommes maintenant après la Chute, mais toute recherche pour découvrir l'élixir de longue vie ne fait que réitérer l'acte primitif d'insoumission à Dieu[2]. Or Auge est ouvertement l'insoumis qui continue de chercher quels que soient les risques, sans les états d'âme de Faust, à qui il s'apparente par de

1. La pomme suggère aussi que cette liqueur n'est pas sans parenté avec le calvados.
2. Dans un article paru dans *Volontés*, n° 19, juillet 1939, Queneau écrit : « L'alchimie cherchait l'élixir de longue vie. La chimie invente les gaz asphyxiants. Voilà toute la différence » (*Le Voyage en Grèce*, p. 180). Impie, l'alchimie provoque moins de morts que la science officielle. Quelle dérision !

nombreux points. Il faut un échec de ses recherches — sacrilèges — pour qu'on rabatte les prétentions humaines à l'essence de fenouil qui ne donne à l'éternité qu'un accès momentané, le temps d'une sieste ou d'une cuite. J'utilise ce mot pour l'analogie qu'il suggère avec la « cute » (cachette) d'Auge, un peu comme si les hommes ne pouvaient avoir un pressentiment d'éternité qu'à la dérobée, en cachette. L'essence de fenouil n'est pas l'élixir de longue vie, mais, « comme » lui, aide Cidrolin à franchir les siècles.

Un dernier mot : dans la Genèse, l'arbre de la connaissance est au milieu du jardin, comme l'essence de fenouil est au centre des *Fleurs bleues*. Le décryptage du symbole doit tenir compte de cette position qui, plus encore que le contenu thématique, en indique le sens.

LES FLEURS BLEUES

Reste le symbole majeur, celui du titre, celui qui ouvre et clôture le récit, et qui est intimement lié au précédent, comme l'indique une phrase du *Chiendent* ; la servante (au grand cœur), Ernestine, assiste à ses propres noces comme dans un rêve : « Ernestine sent croître dans son cœur une immense petite fleur bleue qu'elle arrose d'un pernod fils dont les soixante degrés d'alcool *(sic)* sont légèrement éteints par l'adjonction de quelques centimètres cubes d'eau pure, mais non distillée » (p. 261).

Nous voici devant un thème bien connu, une expression populaire, être fleur bleue, c'est être sentimental, légèrement naïf ou crédule selon les cas, et la tradition dit que l'alcool dispose aux épanchements auxquels un être sobre ne se laisse pas aller d'ordinaire. Les écrits de Queneau sont avares en confidences, en aveux, comme si l'écrivain ne quittait que rarement une carapace défensive apte à le protéger des risques de ridicule auxquels on s'expose toujours plus ou moins quand on dit ou laisse voir ses sentiments. Et pourtant la tendresse, l'ingénuité d'âme, l'amour aimantent ces mêmes écrits, d'un bout à l'autre. Dans un article, d'ailleurs ambigu, paru dans *Les Cahiers du Sud* en juin-juillet 1933 à propos de Cyrille Tourneur, Queneau écrit : « Mais ce dont on ne se lasse jamais, n'est-ce pas, c'est de la culture intensive de la petite fleur bleue et du triomphe de la vertu incarnée dans la personne d'un individu généralement uniformisé et du baiser sur la bouche annonciateur d'une nombreuse progéniture et de la bonne grand-mère astiquant à la pâte oméga le sabre de son petit-fils le saint-cyrien » (repris dans *Le Voyage en Grèce*, p. 44-45). Ces lignes me semblent tout à fait symptomatiques de la façon complexe dont Queneau se comporte avec l'affectivité, et de la difficulté constante qu'il rencontre pour trouver une juste distance : à la fois il se dévoile et il se cache, il avoue naïvement et il se reprend aussitôt avec une détermination assez pathétique dans le sarcasme, le rabaissement (« astiquant à la pâte oméga le sabre de son petit-fils le saint-cyrien »), la dérision. Ce double mouvement, fréquent chez les écrivains hantés par la sottise peu évitable de l'effusion sentimentale (Flaubert, par exemple), déconcerte parfois et irrite même, d'autant plus que la « fleur bleue » ne cesse, au moment précis où l'on déploie l'ironie la plus corrosive, de repousser comme une mauvaise herbe qui résisterait à tous les désherbants. Dans un curieux « roman » intitulé *Là-bas* (et où il est beaucoup question de Gilles de Rais), J.-K. Huysmans met en scène un étrange personnage, Durtal, soudain troublé par une femme qui lui écrit des missives énigmatiques et brûlantes. Il l'attend, dans la fièvre, acceptant mal d'être fébrile, d' « être eu » : « Non, il n'y a pas à dire, la petite fleur bleue, le chiendent de l'âme, c'est difficile à extirper, et que ça repousse ! Rien ne paraît pendant vingt ans et soudain, on ne sait ni pourquoi, ni comment, ça drageonne et ça jaillit en d'inextricables touffes ! — Mon Dieu, que je suis bête » (chap. x, GF, p. 158). La rencontre des fleurs bleues et du chiendent indique assez que, selon toutes probabilités, c'est de cette phrase que Queneau a tiré les titres de son premier et de son avant-dernier roman. Mais, plus encore, à quel point le sentiment est assimilé à un risque de bêtise, et peut provoquer des réactions rageuses, maladives presque.

Nous avons relevé, déjà, au passage, comment *Les Fleurs bleues* oscillent entre l'expression du sentiment et sa dérision. Lorsque Lamélie s'éprend d'un ératépiste, la scène est décrite sous une forme comique, c'est-à-dire réductrice : « À la terrasse du café, des couples pratiquaient le bouche à bouche, et la salive dégoulinait le long de leurs mentons amoureux ; parmi les plus acharnés à faire la ventouse se trouvaient Lamélie et un ératépiste, Lamélie surtout, car l'ératépiste n'oubliait pas de regarder sa montre de temps à autre vu ses occupations professionnelles. Lamélie fermait les yeux et se consacrait religieusement à la linguistique » (*F.B.*, 48). Les scènes d'amour, dans les livres, ont des chances de faire partager l'émotion qui les anime à la condition que le texte accompagne les amoureux dans leur rêve ; si on les regarde de l'extérieur, inévitablement, l'intensité affective qui masque certains éléments prosaïques (« la salive dégoulinait le long de leurs mentons amoureux ») est absente, et donc le comportement amoureux est vu comme par un entomologiste qui étudierait des mouches. La petite fleur bleue doit décidément être bien robuste pour résister à un tel traitement.

Les relations entre hommes et femmes ont toujours été bizarres, et le désir tellement étrange qu'on a bien du mal à en accepter l'irruption. D'où des ruses, souvent cousues de fil blanc, comme celles du duc en face de Russule — ou de Queneau dans son récit (*F.B.*, 106-110). Et on a déjà évoqué l'extrême réserve avec laquelle le sentiment amoureux entre Lalix et Cidrolin est désigné. Comme si une pudeur insurmontable devait voiler l'amour pour qu'il soit possible, comme s'il était inavouable. On se rappelle, dans *Zazie*, les détours qu'il faut à Charles et Mado Ptitspieds avant de se déclarer, et la compassion ironique de Zazie devant les effusions amoureuses de la veuve Mouaque : « Bonnes fleurs bleues, dit Zazie qui alla voir le billard de plus près » (p. 129). Les fleurs bleues seraient donc le symbole de l'amour, au sens le plus ordinairement humain — c'est d'ailleurs ce qu'avait dit Queneau à Alain Calame dans un entretien en 1969.

« LES FLEURS BLEUES »

Elles sont aussi autre chose. Nous avons cité plus haut (chap. IV) la note préparatoire faisant mention de la « fleur de Carlyle » et qui renvoyait au texte de Borges, « La fleur de Coleridge ». Nous avons évoqué aussi le roman de George Du Maurier, *Peter Ibbetson*, traduit par Queneau. Dans ce livre, extraordinaire, non seulement à cause de son thème fantastique, mais surtout, peut-être, par la qualité poétique très émouvante qui le caractérise, la duchesse de Towers enseigne au jeune homme la technique du « rêve vrai », et l'une de ses prescriptions est la suivante : « Une chose à laquelle vous devez aussi faire attention, c'est la façon dont vous percevez les choses et les gens ; vous pouvez les entendre, les voir et les sentir ; mais vous ne devez pas les toucher ni cueillir des fleurs ou des feuilles, ni changer les choses de place. Cela trouble le rêve comme la buée sur une vitre. Je ne sais pourquoi, mais c'est ainsi » (p. 171). Cet avertissement, qu'on retrouve dans de nombreux contes de fées, indique une différence de réalités : Peter Ibbetson et la duchesse sont « réels », ils se retrouvent en rêve, peuvent y vivre un amour partagé plus intense et plus parfait que tous les rêves d'amour les plus fous, mais les paysages dans lesquels ils se déplacent sont morts et passés. Par cet étrange pouvoir qu'ils ont désormais en commun, ils sont capables de remonter dans le temps en une sorte d'anamnèse à deux qui les ramène jusqu'à l'origine de leur filiation et leur fait découvrir leur hérédité en même temps qu'ils remontent les siècles, rencontrent la cour de Louis XIV, Montaigne, Rabelais, Villon, Jeanne d'Arc, et jusqu'au mammouth (p. 285-297), en un cheminement qui est l'exact inverse de celui d'Auge. Mais le point le plus intéressant sans doute n'est pas l'anecdote : si j'ai employé le mot « anamnèse », c'est que Du Maurier en donne lui-même une formulation qui justifie « théoriquement » la possibilité d'une telle remontée vers l'aube de l'humanité : « Et y a-t-il, par hasard, quelque sixième sens enfoui dans la profondeur de la chair, quelque survivance du passé, de la race, de notre propre enfance même, atrophié par le manque d'usage ? Ou quelque germe, quelque tendance qui voudrait se développer, quelque précieuse faculté cachée qui doit se convertir en une source future de béatitude et de consolation ? » (p. 178). L'entreprise de réminiscence est donc possible, puisque « rien ne se perd, ni une vision, ni un son, ni une odeur, ni une saveur, ni un sentiment, ni une émotion. La mémoire inconsciente enregistre tout... » (p. 185). Queneau a d'autant moins oublié ces pages qu'elles concordent tout à fait avec ses préoccupations spirituelles, constantes depuis 1935 (dit-il dans son *Journal*) et qu'elles désignent un « phénomène étrange, si le lecteur veut bien y réfléchir, et constituant le germe d'une relative immortalité personnelle sur la terre » (p. 288). Il existerait ainsi en nous, inaperçue et enfouie sous le poids des soucis quotidiens, une trace de notre vie antérieure que l'on pourrait retrouver à travers les nombreuses réincarnations matérielles auxquelles chaque être est astreint.

L'expression « vie antérieure » évoque le magnifique sonnet de Baudelaire : « J'ai longtemps habité sous de vastes portiques / Que les soleils marins teignaient de mille feux, / [...] C'est là que j'ai vécu dans les voluptés calmes, / Au milieu de l'azur, des vagues, des splendeurs [...] » (*Les Fleurs du mal*, Pléiade, p. 93). Ce rapprochement ne doit rien au hasard, de nombreux poèmes décrivent cet autre monde idéal, cet « autre océan », dont le recueil dit la nostalgie et l'espérance, et parmi eux, bien sûr, « Moesta et errabunda », où l'on retrouve

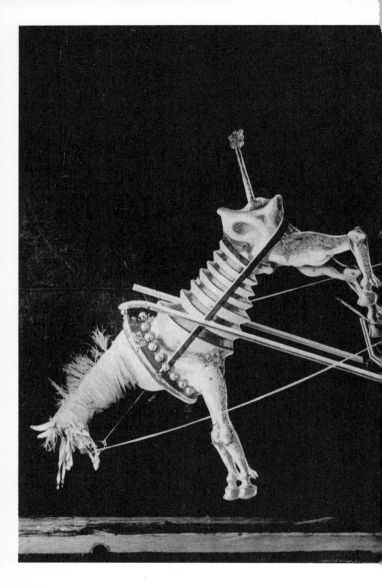

Les 400 Farces du diable. Film de Georges Méliès. Ph. © Cinémathèque française © S.P.A.D.E.M., 1991.

« Heureusement qu'il y avait là des gens qui jouaient avec un appareil cinématographique, grâce à eux cela put s'arranger, du moment que c'était du cinématographe, tout devenait possible. »

les vers célèbres : « Mais le vert paradis des amours enfantines, / Les courses, les chansons, les baisers, les bouquets. / Les violons vibrant derrière les collines, / Avec les brocs de vin, le soir, dans les bosquets » (p. 137), qui étaient si présents à la mémoire de Queneau qu'il en a extrait le dialogue entre Sthène et Auge où sont pour la première fois mentionnées les fleurs bleues. Rappelons les répliques : « Loin ! Loin ! Ici la boue est faite de nos fleurs. — ... Bleues, je le sais. Mais encore ? » (*F.B.*, 15). Elles reprennent en le modifiant légèrement un vers de « Moesta et errabunda » : « Loin ! Loin ! ici la boue est faite de nos pleurs ! » Au-delà d'un pur jeu homophonique (pleurs/fleurs), cette inclusion suggère que ce qui fait souffrir dans la vie grise de tous les jours, c'est justement le côté « fleur bleue », la nostalgie, à l'âge adulte, pour le vert paradis des amours enfantines. « Comme vous êtes loin, paradis parfumé, / Où sous un clair azur tout n'est qu'amour et joie. » Assurément, la tonalité des *Fleurs bleues* semble bien éloignée de l'accent élégiaque, lyrique même, des *Fleurs du mal* ; peut-être une pudeur maniaque a-t-elle écarté Raymond Queneau d'un aveu qui aurait laissé paraître à nu sa sensibilité, on peut s'en irriter parfois, le regretter même, mais ce parti pris de brider l'affectivité ne parvient pas à la faire taire tout à fait. Les « fleurs bleues » sont un secret qu'on chuchote parce qu'on n'ose pas — ou qu'on ne peut pas — l'exprimer au grand jour. Il y a là comme une faille mystérieuse, un jardin trop bien gardé. Et cela, aussi, émeut, comme émeuvent les larmes de Porthos qui préfère en accuser le vent plutôt que sa propre tendresse. Mais peut-être faut-il conserver ce secret, comme celui qui est à l'origine de la recherche philosophique, cette espérance permanente qui tend *Les Fleurs bleues* vers « la lumière philosophale, qui ne s'éteint jamais, secret ultime et don gracieux de Timoleo Timolei » (*F.B.*, 207).

VII POST-SCRIPTUM

Il faut interrompre ce travail incomplet. Mais qui pourrait, à propos d'une œuvre littéraire, et de Queneau en particulier, prétendre jamais « être complet » ? La complexité des *Fleurs bleues* interdit de délivrer le dernier mot, de toute façon. Il resterait à évoquer longuement H. G. Wells, *La Machine à explorer le temps*, où l'audacieux voyageur, revenu de son séjour dans l'au-delà futur, trouve dans sa poche une poignée de « mauves » qui y furent mises par Weena, la jeune et fragile créature qui s'est prise d'affection pour lui ; ces étranges fleurs, « recroquevillées maintenant, brunies, sèches et fragiles — pour témoigner que lorsque l'intelligence et la force eurent disparu, la gratitude et une tendresse mutuelle survécurent encore dans le cœur de l'homme et de la femme » (p. 166). Et bien d'autres avatars (au sens propre : chacune des incarnations de Vichnou), parmi lesquels Novalis, Philip K. Dick, Gérard de Nerval, Henry James, Pierre Jean Jouve et surtout peut-être Anatole France avec *Le Crime de Sylvestre Bonnard*, roman que Raymond Queneau relut à plusieurs reprises dans les dernières années de sa vie. Mary-Lise Billot rappelle à juste titre que, dans cette nouvelle méconnue et charmante, Anatole France raconte la quête vaine d'un érudit, Sylvestre Bonnard, à la recherche *du* Livre, *La Légende dorée*. Un exemplaire unique lui échappe dans une vente aux enchères, il est désespéré ; mais, le jour de son anniversaire, il reçoit un paquet empli de violettes ; il contient le livre tant désiré, offert par une certaine princesse Trepof, « mise comme une duchesse » et roulant dans une voiture armoriée. On découvre que cette jeune femme est précisément celle que Bonnard avait fait secourir huit ans plus tôt lorsqu'elle était dans la misère.

Et tant d'autres qui semblent donner une réalité au « rêve de Coleridge ».

DOSSIER

BIOGRAPHIE

Raymond Queneau est né au Havre en 1903 de parents originaires de Touraine et de Normandie. Après des études au lycée du Havre de 1908 à 1920, il prépare à Paris une licence de philosophie. Grâce à son ami et condisciple à la Sorbonne, Pierre Naville, il fait la connaissance d'André Breton et collabore à *La Révolution surréaliste*.

En 1925-1927 son service militaire dans les zouaves l'entraîne en Algérie et au Maroc. Il participe à la campagne du Rif et la racontera dans *Odile*. Revenu à la vie civile, il fréquente le groupe de la rue du Château avec Prévert, Tanguy, Marcel Duhamel. En 1929, il rompt avec le groupe surréaliste et séjourne au Portugal. En 1930 il commence une étude sur les fous littéraires. En 1931 débute sa collaboration à *La Critique sociale* de Boris Souvarine. Il voyage en Grèce, écrit un roman, *Le Chiendent*, qui paraît en 1933, puis un deuxième roman, *Gueule de pierre*. En 1936 il séjourne à Ibiza avec Michel Leiris, publie *Les Derniers Jours* et la traduction de *Vingt ans de jeunesse* de Maurice O'Sullivan. Il tient jusqu'en 1938 la chronique « Connaissez-vous Paris » dans *L'Intransigeant*.

En 1937, il publie chez Denoël un roman en vers, *Chêne et chien*. Il entre en 1938 au comité de lecture des Éditions Gallimard où paraissent *Les Enfants du limon*, roman dans lequel est intégrée son étude sur les fous littéraires. Pendant la guerre, Queneau publie *Un rude hiver*, *Pierrot mon ami*, *Loin de Rueil* et, en 1946, une traduction de George Du Maurier, *Peter Ibbetson*.

Une trouille verte, *On est toujours trop bon avec les femmes* (sous le pseudonyme de Sally Mara) et *Exercices de style* paraissent en 1947. Certains de ces « exercices » sont mis en scène par

Yves Robert en 1949. Le poème « Si tu t'imagines », mis en musique par Kosma, devient la chanson la plus populaire de l'année. Queneau séjourne aux États-Unis et écrit les chansons du ballet de Roland Petit, *La Croqueuse de diamants*. Cette même année 1950 voit la sortie de trois ouvrages : *Petite cosmogonie portative*, *Bâtons, chiffres et lettres*, *Journal intime de Sally Mara*, et d'un film, *Le Lendemain*, réalisé et interprété par l'écrivain.

En 1951, Raymond Queneau est élu à l'académie Goncourt et publie le recueil de poèmes *Si tu t'imagines*. 1959 est l'année de *Zazie dans le métro*, roman qui connaîtra une grande popularité et sera adapté à la scène par Olivier Hussenot et à l'écran par Louis Malle.

L'œuvre romanesque et poétique de Raymond Queneau se poursuit avec des romans comme *Les Fleurs bleues*, *Le Vol d'Icare*, des recueils de poèmes comme *Courir les rues*, *Battre la campagne*, *Fendre les flots*, des essais comme *Bords*, *Le Voyage en Grèce*. En même temps, il fonde et dirige l'Encyclopédie de la Pléiade. Raymond Queneau est mort en 1976.

I. LEXIQUE DES *FLEURS BLEUES*

Les numéros renvoient aux pages de l'édition « Folio ».

13   *ru* (1180) : ruisseau.
       cinq Ossètes (5 à 7) : peuple du Caucase.
14   *arroi* (1180) : équipage, ordre de bataille.
15   *gabance* (xiie s.) : plaisanterie.
       amé (jusqu'en 1300) : aimé.
17   *alme* (latinisme) : nourricier.
       inclyte (latinisme) : célèbre.
25   *à quoi na sert* (homophonie) : Nasser, raïs d'Égypte, 1918-1970.
       sancier (xiie s.) : soigner, guérir.
26   *flote* (xiie s.) : foule.
30   *espadrille* (ici, mot-valise) : espadon + banderille.
31   *unescale* (néologisme) : de l'UNESCO.
32   *echclavons* (esclavons) : slaves.
       Viducasses : peuple de Gaule (région de Caen).
       béda (nom de théologien) : nigaud, ignorant, astringent.
       salamalecs (arabe, *salâm alaïk*) : salut.
33   *dapifer* : dignitaire chargé du service à la table de l'empereur.
       ole (1180) : marmite, cruche à deux anses.
35   *nigroman* (1119) : magicien.
       embrener (Rabelais) : emmerder.
       ardoir (xe s.) : brûler.
36   *lardoire* (xive s.) : brochette creuse servant à larder la viande.
42   *entraver* (au sens argotique) : comprendre.
43   *leprechauns* (du gaélique *leprehawn*) : petit lutin.
46   *Tiois* : Germains.
       Norois : Norvégiens.
48   *ératépiste* (argot parisien) : employé de la RATP.
52   *glabelle* (1806) : espace entre les sourcils.
56   *emmende* (1390) : amende.
59   *cors* (xie s.) : corps.
68   *bougre* (1172) : bulgare, hérétique, sodomite.
70   *extrace* (xiie s.) : extraction.
       gières (xiie s.) : rhéteur, ergoteur.

ménin (1680, de l'espagnol, cf. *meninas*), chacun des six gen-tilshommes attachés à la personne du dauphin.

71   *jaëls* (1180) : vénal, d'où prostituée.

73   *mire* (1169) : médecin.

75   *fourches patibulaires* (1395) : potence.

77   *pénicher* (Queneau) : entre perche, niche et péniche.

82   *faubert* (1690) : balai pour le pont d'un bateau.

85   *couleuvrine* (XIVᵉ s.) : petit canon.

87   *guelfe* (1339) : partisan du pape.

     fredon (1546) : gai refrain.

90   *troton* (1080) : grand trot.

93   *aurochs* ou *urus* : bœuf des prairies.

102   *cache* (Queneau, franglais) : cash.

103   *braquemart* (1327) : épée courte, sexe d'homme.

     férir (1080) : frapper.

104   *âme* : le vide autour duquel consiste un canon.

     éclaircie : pour clairière.

106   *portulan* (1578) : carte marine.

109   *gallimard* (Rabelais) : étui à plumes, éditeur connu.

     escabeau (1471) : tabouret.

118   *fourchette* (elle apparaît en 1313).

     vidrecome (1744, de l'allemand *wiederkommen*, qui fait l'aller et retour) : grand verre.

119   *vertuchou* (apparaît au XIVᵉ s.) : vertu Dieu.

120   *hypocras* (1415) : vin sucré — sacré.

     hydromel (XVᵉ s.) : liqueur de miel.

121   *in partibus* (1703, loc. lat.), sous-entendu *infidelium* : dans les contrées des infidèles.

126   *sigisbée* (1739) : chevalier servant.

127   *boquillon* (La Fontaine, V, 1) : bûcheron.

130   *ascomycètes* : champignons dont les spores se forment dans des asques — morilles ou truffes.

138   *dito* (1723) : item (soit).

163   *ganaches* (1642) : joues du cheval.

     athanors (1610) : fourneau (alchimie).

     aludels : tuyaux.

     pélicans : sorte d'alambics.

     matras : vases au col étroit et long.

169   *compendieusement* : rapidement.

174	*quinaud* (1532, mettre quinaud) : réduire au silence.
	lamponner (XVIe s.) : railler, brocarder.
176	*préadamite* (1690) : hommes avant Adam.
179	*salmigondis* (Rabelais) : ragoût.
	grabuge (1532, devenu familier) : bruit, tumulte.
182	*argousin* (1538) : bas officier de galères.
189	*nostalgie* (1759).
	logorrhée (1839) : flux de paroles.
190	*cute* (1454) : cachette.
203	*varennes* : garennes.
	brandes : terres à bruyère.
207	*à quia* (terme de scolastique) : réduire au silence.
212	*garbure* : pain, choux, lard et confit.
219	*chopin* (Queneau, shopping) : occase.
222	*bodegons* (espagnol) : natures mortes.
227	*gentilhomme-fermier* (néologisme) : gentleman-farmer.
242	*cornicienne* (Queneau) : cornélienne + racinienne.
243	*enthymème* : syllogisme incomplet.
	sorite : suite de propositions liées.
	encenser : pour un cheval, hausser et baisser la tête.
249	*adulte-nappigne* : sur le modèle de kidnapping.
250	*balance* : dénonciation, dénonciateur.
252	*pallas* (argot des typographes) : discours emphatique.
256	*tummplupeu* : tu me plus peu.
258	*chape-chuter* (Le sage) : chuchoter.
266	*lansquiner* : pleuvoir des hallebardes.
268	*baboter* (médiéval) : bégayer.

Les espèces mystérieuses qui, peut-être, « ont bouffé sa pièce d'artillerie » au duc (*F.B.*, 104), sont « sciurus communis », soit écureuil commun, et « tineola biselliella », soit pou dans un lit à deux places.

Ce lexique, bien sûr, comprend les termes dont j'ai imaginé qu'ils pouvaient poser problème. Certains d'entre eux paraîtront aller de soi. On pourra trouver que d'autres manquent. Le choix était inévitable.

II. RÉACTIONS À CHAUD

UN CERTAIN DÉSARROI

LES FLEURS BLEUES PAR RAYMOND QUENEAU

Pierre Dumayet, *Lectures pour tous*, octobre 1965.(D.R.)

La parution d'un roman de Queneau est toujours une bonne nouvelle. Certes, les esprits délicats pourront être écœurés par les mauvais calembours de la première page. Exemple : « Le Gaulois fumait une gitane, les Romains dessinaient des Grecques. » Certes, on se demande même si Queneau ne fait pas ainsi le zouave — il l'a été — pour punir les trop délicats. Quand on aime vraiment les mots, voyez-vous, on aime à les voir jouer ensemble. Et s'il y avait des gardiens de mots comme il y a des gardiens de squares, je verrais bien Queneau finir sa carrière sous cet uniforme qui, même de loin, ne ressemble pas à celui des académiciens.

UN MEISSONIER MAGIQUE

Matthieu Galey, *Arts*, 2-8 juin 1965.

Silencieux, énigmatique, il se contente de pouffer et de n'en penser pas moins. Pas plus non plus, car cet érudit n'est pas pédant ; à peine précieux parfois quand il joue avec les mots, petits exercices d'assouplissement qu'il affectionne. Allez donc savoir quelle sorte d'homme se cache derrière cette ombre ! Et, pourtant, le miracle est évident : il est des gens, des scènes, des situations, des formules qui ont l'air d'être signés Queneau, alors qu'on serait bien en peine de définir la nature exacte de son monde. En vérité, c'est un réaliste, une sorte de Meissonier, qui gauchit très légèrement d'une manière à peine perceptible, et cela suffit pour faire tourner la soupe, pour tout basculer dans la division ou l'insolite. Avec lui, le quotidien vire au parodique ; après lui, c'est la parodie qui devient quotidienne. On a la vue faussée, comme si l'on avait porté des verres trop forts. À moins qu'il ne nous ait corrigé la vue et que cet univers légèrement décalé dans l'irréel soit la réalité. Pourquoi pas ?

Sandwich onirique

Car l'astuce de M. Queneau consiste à nous laisser croire, d'abord, que les histoires qu'il nous raconte sont des farces nées de sa fantaisie, sans conséquence. Il plante un décor de carton-pâte, trop évidemment artificiel pour être honnête et puise dans l'almanach Vermot des calembours « henaurmes », d'une agressive indigence.

Ainsi commencent ces *Fleurs bleues*, à grand renfort de « Sarrasins de Corinthe », de « Francs anciens », d'« Alains seuls » et autres Gaulois qui « fument des gitanes »... On sourit, on s'endort ; c'est l'anesthésie. Après quoi, ce sournois chirurgien, ou plutôt cet hypnotiseur, fait de nous ce qui lui plaît, et nous ne nous étonnerons plus ensuite de voir les feuilles de papier s'animer, les chevaux de bois parler, et les jeux de mots se muer peu à peu en profondes réflexions déguisées de désinvolture.

Le lecteur conserve le souvenir de ce rêve partagé ; l'opération a réussi. Il voit Queneau ; il sent Queneau ; il parle, aussi, à la Queneau. Désormais, sa réalité n'est plus tout à fait la même. Cidrolin disparaît avec sa compagne. Le duc d'Auge, embarqué sur la péniche, est emporté par un déluge au sommet d'un donjon. Tout va recommencer. Et « les petites fleurs bleues » qui s'épanouissent déjà dans la vase, le lendemain, c'est en nous qu'elles fleuriront. Sacré farceur, un peu magicien... Un peu longuet aussi, parfois. Mais doit-on vraiment s'en plaindre ?

RAYMOND QUENEAU, SAGE ET SAVANT

Jacques Chessex, *La Nouvelle Revue française*, 1er septembre 1965.

Sans essayer de me trouver des excuses en commençant cette page, je n'oublie pas que je devrais être assez bon *écriveron*, c'est-à-dire au moins distingué rhétoriqueur, styliste, réformateur, linguiste — en particulier grammairien et phonéticien —, pour prétendre parler de Raymond Queneau, pour m'aventurer à plus forte raison à écrire quoi que ce soit sur ses poèmes ou ses romans. Il s'agit d'être modeste et sur ses gardes : cet humoriste, cet herboriste du vocabulaire, ce cueilleur de simples est un grand savant à sa manière, qui est parodique et complice, souvent faussement puérile, et rouée, cocasse, parfois curieusement aimable et sarcastique dans le même mouvement. Voici un savant étrange, déroutant. Son entreprise n'est pas du tout rassurante. Sa science disperse plus qu'elle n'assemble, ses affirmations inquiètent et détruisent, ses certitudes sont si moqueuses que nous tournons autour sans oser y entrer (telles, elles nous font penser à ces constructions ou bicoques fréquentes dans son œuvre, écoles, baraques foraines, bistrots ou pissotières, qu'un sort malin habite et tord vers l'irréel, presque l'hostile). Où il faut se méfier [...]. Mais nous avons beau le savoir, nous voici complètement déboussolés par la grâce du langage et la complexité du songe. Où sommes-nous ? Que veut Queneau ? Vivons-nous en plein Moyen Âge, au temps de la Pucelle et de Gilles de Retz, ou campons-nous sur les bords d'une rivière en plein XXe siècle ? Sous peine de n'y voir que du feu, à nous de nous y retrouver, à nous de goûter un comique d'autant plus subtil et délétère qu'il défait les phrases où il naît, les déboîte, les fait dévier de leur sens premier :

Les altérations orthographiques jouent ici leur rôle inquiétant ou étonnant : leur insolite ingénuité contribue à charger le texte d'un mystère vif, insinuant. D'où tombent en effet ces *houatures* et ce minibanjo ? Les néologismes, les inventions, les raretés ne sont pas moins surprenants : *esquiouze euss*, *céhéresses*, *ératépistes*, et j'oublie le parler européen (la rencontre avec les campeurs pacifistes nous en donne un échantillon à faire bondir Étiemble), la langue savante (étymologique, romaniste, historique), la langue religieuse, la langue militaire, la langue leste, la langue épique, la langue symbolique et allusive, la langue noble. Tout cela adroitement lié, dosé, éclairé selon une méthode rigoureuse — il faudrait ne pas connaître Queneau, n'avoir pas lu très attentivement ses propos sur *Le Chiendent* par exemple, pour croire à une composition toute spontanée et anarchique. Ce livre est au contraire infiniment voulu. Peut-être même un peu trop : je veux dire que l'humour, parfois, risque d'en paraître un peu contraint, la drôlerie systématique, les trouvailles un peu trop trouvées. À moins que je ne me trompe d'une couche, défaisant mon oignon, que je reste en dehors du centre enfoui ? Soyons prudents. Avec Raymond Queneau tout est possible, des pièges claquent sous nos pieds, et nous ne voyons pas la clairière. Et si l'humour était parodique lui aussi ? S'il était à peine durci, justement pour gauchir l'intention souriante, et faire de ce sourire une grimace ? Ce serait bien du sac de l'auteur des *Ziaux*.

GAFFE !

RESTENT LES FLEURS...

M.L., *Le Canard enchaîné*, 21 juillet 1965. (D.R.)

D'abord, on croit à une blague un tantinet laborieuse. Puis on est amusé par la loufoquerie de l'histoire. Enfin, on découvre que ce n'est pas seulement drôle, mais profond. Et alors, gaffe ! Il faut s'arrêter, sous peine de prolifération de cellules grises. Car l'auteur a mis dans ce livre plus de choses qu'on n'y trouvera jamais. Mais on risque fort d'y trouver celles, justement, qu'il n'a pas mises.

Le livre : *Les Fleurs bleues*. L'auteur ? Queneau, le père de Zazie. Je le rappelle hypocritement parce que je n'aimais pas tellement *Zazie* que tout le monde aimait, et j'aime beaucoup ces fleurs-là, que peu de gens aimeront. « C'est absurde », s'écrie-t-on.

Imaginez une Table Ronde qui commencerait ainsi : « Nous autres chevaliers du Moyen Âge... » Voici le livre de Queneau : une Source comique où tout est mis en question, l'Histoire, la science, les idéologies, l'écriture. Un jeu intellectuel, soit. Rien qu'un jeu, coq-à-l'âne et calembours. Mais drôlement rafraîchissant...

SOUS LE DÉSARROI, LA LECTURE

RAYMOND QUENEAU, *LES FLEURS BLEUES*

Jacques Réda, *Cahiers du Sud*, n° 383-384.

[...] Ce synopsis ne peut donner qu'une idée très approximative de la foisonnante richesse d'un ouvrage, où les facilités que l'auteur se permet sont autant de signaux (truqués parfois) pour l'amateur de rébus, charades et autres divertissements littéraires ou philosophiques.

Libre à nous de penser que Raymond Queneau rigole. Son livre est d'ailleurs monumentalement rigolo. Le duc d'Auge, sorte de libertin (au meilleur sens du mot), pétulante, réactionnaire *(idem)* et sympathique baderne, est en fin de compte un avatar de la jeune Zazie, enfin emportée à bride abattue par le grand métro de l'Histoire. Mais on ne trouve pas, dans *Les Fleurs bleues*, de ces temps morts qui, tels des *Catalogues* d'Iliade fâcheusement interpolés, ralentissaient sensiblement l'Odyssée de la gamine. Enfin, soit, nous rions.

Mais ce rire s'élève entre deux pôles qui s'attirent et se repoussent : une profonde tendresse, une fondamentale amertume. Il est franc et désenchanté. Il est la dernière conquête d'un savoir qui ne se la fait plus, la dernière satisfaction d'une intelligence qui s'amuse de ses pouvoirs.

FARCES ET SATRAPE

Roger Grenier, *Le Nouvel Observateur*, 3 juin 1965.

[...] Bouvard et Pécuchet se demandèrent alors dans quelle catégorie un pareil roman pouvait se ranger. Ce n'était pas un roman d'amour. Ça n'avait pas le côté social et républicain de George Sand, ni la psychologie d'*Adolphe*. Ce n'était pas un roman d'aventure. Ce n'était pas la description d'un métier ou d'une province, comme chez Balzac que Pécuchet trouvait ridicule, ou de la statistique comme chez Robbe-Grillet.

— Pourtant ce Queneau n'est pas un imbécile, se disaient-ils. La preuve, c'est qu'il a très bien parlé de nous, autrefois. Son livre doit donc signifier quelque chose.

Un troupeau d'oies

— Queneau a écrit quelque part : « N'importe qui peut pousser devant lui comme un troupeau d'oies un nombre indéterminé de personnages apparemment réels à travers une lande longue d'un nombre indéterminé de pages ou de chapitres. Le résultat, quel qu'il soit, sera toujours un roman. » Mais lui, il se donne des lois, aussi strictes que pour un poème. Tiens, dis-moi, Bouvard, elles ont combien de chapitres, ces *Fleurs bleues* ?

— Euh... vingt et un.

— Je l'aurais parié. Queneau est né le 21 février 1903. Son nom et ses deux prénoms se composent chacun de sept lettres : 3 fois 7 = 21. Ces vingt et un chapitres, c'est tout ce qui reste d'autobiographie dans ce roman.

— Ce Queneau a toujours eu du goût pour les mathématiques.

— C'est un scientifique. Il dirige l'Encyclopédie de la Pléiade.

— C'est un Diderot dont « la Religieuse » a nom Sally Mara.

— Un pataphysicien.

— Comme nous.

— Oui, mais le seul satrape du Collège de Pataphysique qui ait le privilège de porter la même Grand-Plaque blanche de l'ordre de la Grande-Gidouille que Sa Magnificence le vice-curateur, feu le T.S. baron Mollet[1].

Bouvard et Pécuchet parlèrent aussi longuement du langage chez Queneau, de ses brutales métamorphoses syntaxiques et orthographiques, moyen suprême de doser le degré de sérieux ou d'ironie de son propos. Ils évoquèrent ces constructions du style parlé où le français devient plus près du « chinook » que d'une langue indo-européenne.

— Quel écrivain ! finit par admirer Bouvard.

— C'est en écrivant qu'on devient écriveron, dit Pécuchet en citant l'auteur de *Un rude hiver*.

Après ce débat, il leur vint l'idée qu'un roman de Queneau, c'est un objet, une sorte de sculpture, une œuvre d'art infiniment complexe et qu'on peut regarder de mille façons, un jardin labyrinthe, une pyramide aux dimensions ésotériques, le poème du dernier grand rhétoricien.

— Il ne croit plus aux règles, mais il croit aux formes, dit Bouvard. S'il construit son roman autour de certains nombres, s'il lui impose trois fois sept chapitres, c'est que « les formes subsistent éternellement. Il y a des formes du roman qui imposent à la matière proposée toutes les vertus

1. Ne pas confondre... Il s'agit de l'ancien secrétaire de Guillaume Apollinaire.

du Nombre ». C'est une façon de recueillir dans une œuvre d'art « les derniers reflets de la Lumière Universelle et les derniers échos de l'Harmonie des Mondes ».

— Queneau serait-il en outre pythagoricien, gnostique, mystique ? s'étonna Pécuchet.

— Notre père Flaubert, cité par Queneau, a répondu d'avance : « L'ineptie consiste à vouloir conclure. »

P.c.c., ROGER GRENIER

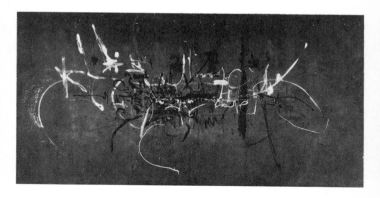

Georges Mathieu : *Les Capétiens partout*. Musée national d'art moderne, Centre Georges Pompidou, Paris. Ph. du Musée.
« Je descends en ligne directe des Mérovée, c'est vous dire que les Capets pour moi, c'est de la toute petite bière. »

III. PORTRAIT DE L'ARTISTE

PAR UN ÉMULE

VARIATIONS SUR UN NOM ET PRÉNOM

Georges Perros, *Papiers collés II*, Paris, Gallimard, « Le Chemin », 1973, « L'Imaginaire », 1989.

Que no ! disais-je en polyglotte
rémonkenocépaduflan
le moindre mot requin normand
il l'espiègle sous sa quenotte

Que n'aurais (Mon Dieu)-je donné
moi dont les vers ne sont que notes
pour queneauter dans votre flotte
eau dont j'ai si souvent rêvé

Ô raymond plus subtil que no
le poisson plat que nommons raie
grossirait d'une larme vraie
s'il pouvait vous lire ; et les mots

Qui sont pour la plupart vœux vains
vous leur donnez du vin à boire
et les v'là rue d'la Tombe-Issoire
ayant rendez-vous à Pantin

Ô cher taquin Queneau, que nos
lassitudes toujours s'amusent
à reconéider vos muses
campagnes de nos idéaux

Queneau pauvre de moi que n'ai-je
votre esprit pour vous saluant
ne pas déconner Mais d'antan
ô ma quenouille où sont les neiges ?

Bref

Ce qui se met sous la quenelle
est toujours passé au tamis
de Monsieur Queneau son mari
C'est Littré qui nous le rappelle.

PAR LUI-MÊME (sans le dire, bien sûr)

PRÉFACE

Roger Rabiniaux, *L'Honneur de Pédonzigue*, Épopée, Correa, 1951, Préface de Raymond Queneau.

Quand on revient d'une bonne balade à la campagne, du côté de Bougival ou de Croissy, après les moules et les frites et les grenadines pour les enfants, sur le quai de la gare quand le train arrive qui va vous ramener dans Paris et qu'on songe nostalgiquement à cette bonne journée de plaisir déjà oui déjà fondue dans la mémoire en un fade sirop où tournent déjà oui déjà à l'aigre le saucisson, l'herbe rase et la romance, à ce moment on dit, et le train commence à s'allonger le long du long long quai, il s'agit de ne pas se faire devancer et de bien calculer son coup pour piquer des places assises espoir insensé, tout au moins faut pas rester en carafe ou faire le trajet sur les tampons ce qui est particulièrement dangereux quand on y entraîne sa famille, à ce moment on dit en général ce qu'on dit en pareille circonstance : « Ce soir, on sentira pas le renfermé. »

Je n'ai pas l'honneur de connaître M. Rabiniaux. Je suppose, comme ça, intuitivement, qu'il doit être dans le commerce des peaux et fourrures ou, tout au moins, dans l'administration des eaux et forêts. Je ne connais pas non plus Pédonzigue. À moins que, au contraire, je n'en connaisse que trop, des Pédonzigue. Par contre je connais *L'Honneur de Pédonzigue*. On dira que c'est bien le moins puisque j'écris ces quelques lignes préfacières. Naturellement. Encore qu'il ne soit jamais inutile de mettre les points sur les i et sur les j. Non, je voulais dire que je connaissais cette œuvre depuis déjà quelques années, depuis (par exemple) le jour où mon éminent collègue Jean Paulhan, utilisant encore son pseudonyme de Maast, en signala l'existence, encore manuscrite, dans le numéro de juin 1946 des *Temps modernes*. Les quelques citations qu'il en fit ne furent pas sans écho, j'en ai vu des traces ici et là ; avant d'être édité *L'Honneur de Pédonzigue* a déjà des imitateurs : que sera-ce maintenant...

Je préfère ne pas songer à ces tristes conséquences et je souhaite à tout un chacun le même plaisir thoracique que j'y ai pris en le lisant. C'est un livre écrit à coups de balai, à coups d'aspirateur, à coups de ventilateur, à coups de désodoriseur, à coups d'essuie-glace, à coups de fenêtre ouverte. Lisez-le, bonnes gens, et le soir même vous pourrez constater (agréable surprise) que vous ne sentez plus le renfermé.

Raymond QUENEAU

IV. DE QUELQUES VIRTUOSES DU LANGAGE

JACQUES ROUBAUD

39. Le sens de la combinatoire

Nous avons, plus haut, motivé le « recours » à la mathématique, comme conséquence de « l'effondrement des règles ». Ceci admis, reste à comprendre le pourquoi du choix combinatoire, du parti pris arithmétique ; pourquoi, par tous chemins, on retrouve à peu près toujours chez Queneau les nombres entiers.

40. Un élément de dossier :

« Il m'a été insupportable de laisser au hasard le soin de fixer le nombre des chapitres de ces[1] *romans. C'est ainsi que* Le Chiendent *se compose de 91 (7 × 13) sections, 91 étant la somme des treize premiers nombres et sa " somme " étant 1, c'est donc à la fois le nombre de la mort des êtres et celui de leur retour à l'existence, retour que je ne concevais alors que comme la perpétuité irrésoluble du malheur sans espoir. En ce temps-là, je voyais dans 13 un nombre bénéfique parce qu'il niait le bonheur ; quant à 7, je le prenais, et puis le prends encore comme image numérique de moi-même, puisque mon nom et mes deux prénoms se composent chacun de sept lettres et que je suis né un 21 (3 × 7). »*

Une autre pièce :

« C'est bougrement idéaliste, dites donc, ce que vous me racontez là.

« La mathématique dans la méthode de Queneau », in *Critique*, n° 359, repris dans *Atlas de littérature potentielle*, Gallimard, « Idées », 1981.

---

1. *Bâtons, chiffres et lettres*, p. 29. Il s'agit des romans : *Le Chiendent*, *Gueule de pierre* et *Les Derniers Jours*.

— Réaliste vous voulez dire : les nombres sont des réalités. Ils existent, les nombres ! ils existent autant que cette table, sempiternel exemple des philosophes, infiniment plus que cette table bang !

— Vous ne pourriez pas faire un peu moins de bruit, dit le garçon[1]. »

41. L'intensité affichée de cette identification numérique, ou plutôt numérologique, de l'identité personnelle : la suggestion de la réalité intrinsèque extra-terrestre ou historique des nombres ; tout cela évoque[2] un spectre déjà insidieusement apparu au § 4, à propos des suites s-additives : rappelons en effet la remarque suivante, déjà citée plus haut *« pour 1' = 1, on a le plaisir de retrouver les nombres de Fibonacci »* ; or, les nombres de Fibonacci, que Queneau se plaît à nous signaler construits par un procédé voisin de celui sur lequel il travaille, ont, on le sait, cette particularité d'être au centre de très honorables et toujours résurgentes antiques spéculations esthético-métaphysiques ; puisque le rapport de deux nombres consécutifs de la suite tend vers une limite, appelée *nombre d'or*. On peut alors se laisser aller à supposer que, quelque part dans l'étude ou le projet des suites s-additives, intervient quelque chose qui est « en plus » de leur engendrement, différent des secrets de leur énumération ; la recherche d'une multiplicité nouvelle de limites (ou de non-limites, lorsque la suite s'interrompt), chacune fondatrice d'une proposition singulière et parfaite, nombre non plus d'or mais de quelque autre élément précieux, « terre rare » de l'esthétique ; multiplication éminemment ironique de la vérité du beau.

---

1. *Odile*, p. 33
2. On ne vise pas l'indissolubilité de l'homme et de l'œuvre.

42. Ceci, encore :

« Il y a des formes du roman qui imposent à la matière proposée toutes les vertus du Nombre et, naissant de l'expression même et des divers aspects du récit, connaturelle à l'idée directrice, fille et mère de tous les éléments qu'elle polarise, se développe une structure qui transmet aux œuvres les derniers reflets de la lumière universelle et les derniers échos de l'Harmonie des Mondes[1]. »

43. ON SE SÉPARERA SUR CETTE CONTEMPLATION

JEAN TARDIEU

Un mot pour un autre, Gallimard, 1951.

Le texte de Tardieu, figurant dans le même recueil, « Le Professeur Frœppel » porte en épigraphe la citation suivante : « L'ambiguïté est partout : dans l'apparence futile, mais ce qu'il y a de plus frivole peut être le masque du sérieux. » Maurice Blanchot.

1

UN MOT POUR UN AUTRE
Comédie en un acte.

Afin de mieux répandre ses idées sur la grandeur et la fragilité du langage humain, le Professeur avait écrit pour ses élèves la petite pièce que l'on va lire.

Un court préambule, également composé par le maître, nous dispense de tous commentaires.

(N.D.E.)

Préambule

Vers l'année 1900 — époque étrange entre toutes — une curieuse épidémie s'abattit sur la population des villes, principalement sur les

---

1. Toujours dans « Technique du roman », in *Bâtons*..., p. 33.

classes fortunées. Les misérables atteints de ce mal prenaient soudain les mots les uns pour les autres, comme s'ils eussent puisé au hasard les paroles dans un sac.

Le plus curieux est que les malades ne s'apercevaient pas de leur infirmité, qu'ils restaient d'ailleurs sains d'esprit, tout en tenant des propos en apparence incohérents, que, même au plus fort du fléau, les conversations mondaines allaient bon train, bref, que le seul organe atteint était : le « vocabulaire ».

Ce fait historique — hélas, contesté par quelques savants — appelle les remarques suivantes :

que nous parlons souvent pour ne rien dire,

que si, par chance, nous avons quelque chose à dire, nous pouvons le dire de mille façons différentes,

que les prétendus fous ne sont appelés tels que parce que l'on ne comprend pas leur langage,

que dans le commerce des humains, bien souvent les mouvements du corps, les intonations de la voix et l'expression du visage en disent plus long que les paroles,

et aussi que les mots n'ont, par eux-mêmes, d'autres sens que ceux qu'il nous plaît de leur attribuer.

Car enfin, si nous décidons ensemble que le cri du chien sera nommé hennissement et aboiement celui du cheval, demain nous entendrons tous les chiens hennir et tous les chevaux aboyer.

C'est à l'habileté des comédiens que nous remettons le soin de nous prouver ces quelques vérités, du reste bien connues, dans la petite scène que voici :

JEAN DUBUFFET

Prospectus et tous écrits suivants, Paris, Gallimard, 1967, p. 119-121.

LER DLA CANPANE*

A JANLANSELM

SQON NAPELE LEPE ISAJE SAVEDIR LA
CANPANE IARIIN QI MANBETE COMSA
LACANPANE LACANPANE SEPLIN DLEGUME
ONDIRE UNE SOUPE MINESETRON LESARBE
IZON DEBRA COM LEJAN IZON DEDOI
IZON TROICATE JANBE LE NUAGE IZON
DEPATE SINQSI PATE IAPLIN DTERE
PARTOU LEFEULLE QITONBE SARFE DLATERE
IAPLIN DGRENE QIJERME PARTOU IA
DECHMIN IADE CAYOU IAPLIN DBETE
IADEPTITE BRANCHE IA DEPLATEBANDE IA
DEGRIYAGE IA DE FILDEFER IADE BOUDBOI
PARTOU IADE SOIZO DAN LARBE IFON IN
RAFU IBOUFE LENOIZETE IA IN VANDCHIIN
VLA LIVER QISTAYE EPIL BOTAN QIVA
SAMENE ONVA ALE OCHAMPIGNON ONVERA-
BIIN SI IORAPA DPAPI YON DCHOU LIVER
IAN NAPA DPAPI YON IARIINQ DEMITE DLA
MITE IAN NA TOULTAN DLAMOUCH IAN
NAANCOR PABOCOU DE TOILE DAREGNE ON
NAN NA PLINLAGUELE LEJAN IPLANTE
DERADI APRE IVIENEVOIR SI SAPOUCE
LAOUQ TOU IPOUCE MIEU SECANTE ITONBE
DELO LEJAN IFOUTE PAGRANCHOZE ISCASPA
LATETE IBRICOLE ADROI TAGOCHE IVON
ALERBE OLAPIN ICAS BIIN LACROUTE LE-
LAPIN LEVACHE OSI EZA RETEPA DBOUFE
EMACHOUYE TOULTAN JOREDUMET MON
TRENECHECOTE DEFOI QITONBRE DLO LE
SIRONDELE ONDIRE QEVOLE PLUTOBA SESI-
GNE QIVA RFLOTE LEJAN ISFON DLABIL
RAPORE OLIMASE IA DECHATEGNE PARTERE

* L'air de la campagne ce qu'on appelle le paysage...

LEJAN ILERAMAS PA SEPOURTAN PAMOVE
IALA VACHE QIRGARDE ETOURNE SATETE
LEPOUL ETOURNE PALATETE ETOURNE RIINQ
LEUYE UNOTFOI JAN PORTRE DECONFETI
POURLEFOUTRE OPOUL JPEPA LEBLERE LE-
POUL LESARBE JPOURE LEUR BALANSE DESER
PANTIN LEMEZON ESON TOUTE PAREYE
EZON DECHAPOPOUINTU SAFE MARAN LA
CHMINE EFUME ONFE LASOUPE.

RAYMOND DEVOS

De toute façon, je ne la chante pas, celle-là !
  Ah ! et puis j'en ai une autre aussi... que je chan-
terai peut-être un jour... si l'on insiste...
  (Comme personne n'insiste, il poursuit :)
  Bon ! Puisque vous insistez, je vais vous la
chanter, elle s'intitule : *Conseil d'une Espagnole à
son jardinier.*
  Rien que le titre est décourageant :

CONSEIL D'UNE ESPAGNOLE
À SON JARDINIER

Vous finirez mal, disait l'Andalouse
À son jardinier imberbe.
Un jardinier qui sabote une pelouse
Est un assassin en herbe !

J'en ai encore une autre. Elle s'intitule : *Dernier
Soupir.*

DERNIER SOUPIR

Elle était si discrète
Qu'après avoir rendu
Son tout dernier soupir... Rhah !...
Elle en rendit un autre
Que personne n'entendit...

*Sens dessus des-
sous*, © Éditions
Stock, 1976.

Bon ! Écoutez ! Pour ne pas vous laisser sur une mauvaise impression, je vais vous chanter un tango que j'ai intitulé : *Se coucher tard.*

SE COUCHER TARD

Se coucher tard... (Trois... quatre) *Nuit !*

C'est la plus courte que j'ai faite. L'avantage qu'elle soit courte, c'est qu'on peut la répéter...

Se coucher tard... (Trois... quatre...) *Nuit !*

On ne s'en lasse pas !... Moi, je peux répéter cela pendant des heures... On ne peut pas faire plus concis ! *(Après avoir réfléchi :)*... Si !... Ah si ! On peut faire simplement :

(Trois... quatre...) *Nuit !*

Là, c'est l'extrême limite.
Ce n'est pas facile de faire des choses resserrées.
Exemple :
Je voulais faire un quatrain sur un mouton à cinq pattes... Mais j'avais toujours un pied de trop. Eh bien, je m'en suis sorti... j'ai écrit :

LE MOUTON À CINQ PATTES

Le mouton à cinq pattes
Accidentellement
S'étant cassé une patte
Put marcher normalement...

— J'ai même fait plus fort que ça !
J'ai écrit tout un roman qui tient en une phrase !

C'est une vie de moine racontée par lui-même :
Il était une foi... la mienne !
Je vais vous en chanter une que je gardais en réserve...

BOBY LAPOINTE

À propos de Lamélie

Jacques Douzer, *Boby Lapointe*, Paris, Seghers, 1983.

MÉLI-MÉLODIE

Oui, mon doux minet, la mini,
Oui, la mini est la manie
Est la manie de Mélanie
Mélanie l'amie d'Amélie...
Amélie dont les doux nénés
Doux nénés de nounou moulés
Dans de molles laines lamées
Et mêlées de lin milanais...
Amélie dont les nénés doux
Ont donné à l'ami Milou
(Milou le dadais de limoux)
L'idée d'amener des minous...
Des minous menés de Lima
Miaulant dans des dais de damas
Et dont les mines de lama
Donnaient mille idées à Léda...

Léda dont les dix dents de lait
Laminaient les mâles mollets
D'un malade mendiant malais
Dînant d'amibes amidonnées
Mais même amidonnée l'amibe
Même l'amibe malhabile
Emmiellée dans la bile humide
L'amibe, ami, mine le bide...
Et le dit malade adulé
Dont Léda limait les mollets

Indûment le mal a donné
Dame Léda l'y a aidé !

Et Léda dont la libido
Demande dans le bas du dos
Mille lents mimis d'animaux
Aux doux minets donna les maux...

Et les minets de maux munis
Mendiant de midi à minuit
Du lait aux nénés d'Amélie
L'ont, les maudits, d'amibes enduit
Et la maladie l'a minée,
L'Amélie aux dodus nénés
Et mille maux démodelaient
Le doux minois de la mémé
Mélanie la mit au dodo
Malade, laide, humide au dos
Et lui donna dans deux doigts d'eau
De la boue des bains du Lido
Dis, là-dedans, où est la mini ?
Où est la mini de Mélanie ?...
— Malin la mini élimée
Mélanie l'a élimée

Ah la la la la ! Quel méli mélo, dis !
Ah la la la la ! Quel méli mélo, dis !

Paroles et musique de Boby Lapointe
©1975 by Éditions Musicales INTERSONG Paris

PIERRE GETZLER   Inédit, 1990.

TROIS '' CARRÉS MAGIQUES ''

```
C R I S E
R E C I T
I C O N E
S I N O N
E T E N D

          R I E N
          I O T A
          E T A I
          N A I F

O M E G A
M E T A L
E T A L E
G A L O P
A L E P H
```

V. L'HISTOIRE REVISITÉE

RAYMOND QUENEAU
GRAINVILLE ET *LE DERNIER HOMME*

Ailleurs, n° 38, novembre 1961, repris dans *Bords*, © Éditions Hermann, 1963.

Le Dernier Homme est une épopée en prose et en six chants. C'est cette œuvre qui lui permet de figurer parmi les précurseurs du roman d'anticipation. Disons tout de suite qu'il faut excuser son style, trop à la mode du temps, bourré de périphrases, de métaphores conventionnelles et de mots nobles. Mais parfois il trouve un accent personnel : l'écrivain n'est pas méprisable.

Voici le début du premier chant :

« Proche les ruines de Palmyre, il est un antre solitaire si redouté des Syriens qu'ils l'ont appelé la caverne de la mort. Jamais les hommes n'y sont entrés sans recevoir aussitôt le châtiment de leur audace. On raconte que des Français intrépides osèrent y pénétrer les armes à la main, qu'ils y furent égorgés, et qu'au retour de l'aurore on trouva dans les déserts d'alentour leurs membres dispersés. Lorsque les nuits sont paisibles et silencieuses, on entend gémir cette caverne ; souvent il en sort des cris tumultueux qui ressemblent aux clameurs d'une grande multitude ; quelquefois elle vomit des tourbillons de flamme, la terre tremble, et les ruines de Palmyre sont agitées comme les flots de la mer. »

Le narrateur pénètre dans cet antre, il y trouve le Temps enchaîné et dans un miroir magique il voit se dérouler les derniers épisodes de l'histoire de l'humanité. Comme on s'en doute, ils ne sont pas réjouissants. Après de nombreuses guerres et de nombreux « forfaits », l'humanité est arrivée cependant à un certain état d'équilibre et son apogée est atteint avec le grand savant Philantor.

« Après avoir franchi l'espace d'un siècle, il découvrit un secret qui l'étonna lui-même : il sut dompter le feu, le dépouiller de son ardeur, rendre sa flamme palpable, la conserver sans lui donner des aliments à dévorer, et, comme un fluide, l'enfermer dans un vase. Maître du plus terrible des éléments, il fit des prodiges par le secours de la flamme obéissante ; il simplifia tous les arts, en créa et parut avoir la toute-puissance de Dieu. »

Il trouve également « le secret de prolonger les jours de l'homme et de rajeunir la vieillesse ». Il s'aperçoit bien vite que le résultat d'une telle découverte serait de surpeupler la terre. On réserve donc l'immortalité à ceux qui la méritent. La terre parvient alors au plus « haut degré de gloire et de bonheur ». Mais la décadence approche. Le sol perd peu à peu sa fécondité. L'homme lutte, « ressuscite la vigueur des terres épuisées » et « féconde la poussière », mais une catastrophe cosmique se produit :

« L'astre du jour venait de terminer sa course. Une clarté plus vive que l'aurore brille à l'orient, et qui loin de s'éteindre par les progrès de la nuit, s'accroît et s'étend sur la voûte des cieux comme une nappe de feu... C'étaient les approches de la lune qui causaient ce spectacle terrible. Elle se lève sanglante, avec la forme d'une large bouche ouverte, d'où jaillissaient sans cesse des torrents de feu... Un seul philosophe eut le courage de contempler ce phénomène effroyable. Après l'avoir considéré d'un œil tranquille, il dit qu'un grand volcan consumait la lune... Enfin il annonce aux hommes que les cieux ont repris leur sérénité, mais qu'ils n'y cherchent plus l'astre des nuits, qu'il vient de périr, et que ses cendres rendues au chaos vont s'y ranimer pour redevenir les éléments d'une terre nouvelle. » La disparition de la lune rend encore plus rapide la décadence de l'humanité. Une dernière lutte est entreprise sous la direction d'Ormus, « un génie fécond et hardi ». Il pro-

La cour Carrée du Louvre. Ph. © Françoise Huguier/Agence Vu.

« ... la capitale a bien changé.
— cela faisait longtemps que vous n'étiez venu ?
— Plus d'un siècle, répond tranquillement le duc. »

pose aux hommes de détourner les fleuves de leur lit pour y trouver une terre riche et neuve.

ROGER CAILLOIS
PONCE PILATE

Paris, Gallimard, 1961, «L'Imaginaire», 1989.

Mardouk est un « érudit chaldéen », il ne connaît que deux sciences exactes, les mathématiques et la théologie. Ponce Pilate le consulte sur la décision à prendre au sujet du Christ.

Mardouk était lui-même légèrement grisé à la fois par le vin, par le tour pris par la conversation et par l'étrange état de réceptivité où il devinait son interlocuteur. Il se mit à développer les éventuelles conséquences d'une victoire de la doctrine nouvelle, sa diffusion chez les humbles, l'inquiétude des pouvoirs publics, les persécutions inévitables, le courage des martyrs, les praticiens et les consulaires atteints à leur tour, comme par une irrésistible épidémie, enfin la conversion de l'Empereur, puis le sursaut des anciennes confessions, leur obstination inutile, leur lente disparition. Pour rendre vivant son récit et pour convaincre davantage, il se prit à décrire les catacombes. Soudain, il put expliquer le rêve de Procula. Il évoqua la vie des fidèles traqués et prononça le nom grec du poisson qui réunit dans l'ordre les initiales des mots signifiant dans la même langue « Jésus-Christ, Fils de Dieu, Sauveur ».
[...]
Mardouk avait l'impression de conjecturer, d'inventer des hypothèses plausibles. Mais son esprit était moins actif qu'il ne le croyait. C'était pour lui l'inverse de ce qui se passe en rêve, lorsque le dormeur croit lire dans un livre inexistant un texte qu'il crée au fur et à mesure. Le rêveur est alors persuadé que le texte lui est procuré et qu'il

ne fait qu'en prendre connaissance, glissant d'une ligne à l'autre et tournant les pages du volume qu'il tient entre les mains. Pour Mardouk, c'était le contraire. Il était convaincu qu'il imaginait tout, mettant à contribution à la fois son savoir et son intelligence. Mais, en réalité, tout était pour lui irrésistible et se présentait de soi-même à son esprit sans qu'il y fût pour rien. Il ne déduisait ni ne présumait ni n'induisait. Il ne faisait que percevoir un immense spectacle invisible, s'offrant à lui sans qu'il en eût conscience.

Tous les événements futurs — l'histoire possible — lui étaient proposés simultanément, aussi fugaces, aussi ténus que les lueurs furtives des lucioles, s'allumant, s'éteignant comme une rapide écriture aussitôt effacée. On doutait que cette graphie ait été jamais tracée et encore moins qu'elle ait pu correspondre à on ne sait quel inimaginable alphabet ou à quelque ensemble cohérent de symboles signifiants. Ainsi Mardouk lisait l'évasive, l'évanescente histoire du monde, du moins une des infinies virtualités de cette histoire.

Mardouk dit Hérode et Hérodiade, déposés et exilés dans les froides Pyrénées, à l'autre extrémité du monde, vers les Colonnes d'Hercule, à Lugdunum Convenarum qui s'appellerait bientôt Saint-Bertrand-de-Comminges, car on nommerait volontiers les villes et les bourgs du nom de ceux qui étaient morts pour le triomphe de la foi nouvelle ou du nom des évêques réputés pour leur piété. Par délicatesse, il tut Pilate, lui aussi destitué par Vitellius, rappelé à Rome, puis exilé et se suicidant de désespoir à Vienne des Gaules, après la mort de Tibère. [...]

Mardouk préféra expliquer les problèmes qui allaient accabler les nouveaux pasteurs ; il énuméra les hérésies, les conciles, les schismes ; il narra la concurrence du pouvoir temporel, la lutte des papes et des monarques, qui porteraient derechef le titre d'empereur. Il décrivit la naissance et l'élan conquérant d'autres religions, la bataille de Poitiers, la bataille de Lépante, les rapides chevaux mongols devant Kiev, devant Cracovie et devant Vienne du Danube. [...] Il imagina (ou crut imaginer) la découverte d'un Nouveau Monde et les péripéties de sa conquête, les vaisseaux délibérément incendiés, l'arbre de la Nuit triste, l'amour de Malintzi et le triomphe de Cortez. Son désir de puiser le plus possible dans l'opulence offerte lui faisait mêler sans ordre les réussites des arts et les vicissitudes de l'histoire. La confusion venait aussi de ce qu'il voyait tout à la fois et qu'il s'apercevait brusquement qu'il avait oublié de mentionner un fait capital ou un épisode essentiel. En outre, son premier mouvement le portait à donner la préférence à l'étrange ou au déconcertant.

Il anticipait le destin de Byzance et racontait les marbres de Sainte-Sophie, dont les veines symétriques figureraient des chameaux et des démons. Il évoquait l'entrée des croisés à Constantinople (Byzance devait changer de nom), puis la prise de Constantinople par les Turcs, puis, revenant aux beaux-arts et sautant plusieurs siècles, le tableau du peintre Delacroix représentant les croisés entrant à Constantinople, puis les pages du poète Baudelaire louant le tableau, puis les articles des critiques louant les pages de Baudelaire. Il suivait telle ou telle série dans l'épaisseur transparente du temps. C'était pour lui comme une ébriété.

[...] Comme surcroît de preuve, Mardouk inventa (ou crut inventer) les noms des théologiens de l'avenir qui consacreraient des dissertations savantes au rêve de Procula, il précisa le titre monotone de ces mémoires, la date et la ville de leur publication, celui de Gotter édité à Iéna en 1704, celui de Johan Daniel Kluge à Halle en 1720, celui d'Herbart à Oldenburg en 1735, toutes dates de l'ère future. Il trouva même un nom admissible pour l'écrivain français qui, un peu moins de deux mille ans plus tard, reconstituerait et publierait cette conversation aux éditions de la Nouvelle Revue Française, se flattant sans doute de l'avoir imaginée.

VI. LE RÊVE ET LES RÊVEURS

JORGE LUIS BORGES

Enquêtes, 1937-1952, Paris, Gallimard, « La Croix du Sud », 1957.

LE RÊVE DE COLERIDGE

Le fragment lyrique *Kubla Khan* (cinquante et quelques vers rimés et irréguliers d'une exquise prosodie) fut rêvé par le poète Samuel Taylor Coleridge un des jours de l'été 1797. Coleridge écrit qu'il s'était retiré dans une ferme aux confins d'Exmoor ; une indisposition l'obligea à prendre un somnifère ; le sommeil le gagna comme il venait de lire un passage de Purchas qui raconte la construction d'un palais par Koublaï Khan, l'empereur dont la renommée en Occident est l'ouvrage de Marco Polo. Dans le sommeil de Coleridge, le texte lu par hasard se mit à germer et à se multiplier ; le dormeur perçut une série d'images visuelles et, simultanément, de mots qui les exprimaient. Au bout de quelques heures, il se réveilla avec la certitude d'avoir composé, ou reçu, un poème d'environ trois cents vers. Il se les rappelait avec une singulière clarté et il put transcrire le fragment qui demeure dans ses œuvres. Une visite inattendue l'interrompit, et il fut dès lors incapable de se rappeler le reste du poème. « Je fus, rapporte Coleridge, vivement surpris et mortifié de découvrir que, si je retenais vaguement la forme générale de la vision, tout le reste, sauf huit à dix lignes éparses, avait disparu comme les images à la surface d'un fleuve où l'on jette une pierre, mais, hélas ! sans se reformer ensuite comme elles. » Swinburne sentit que le fragment sauvé était le plus haut exemple de la musique propre à l'anglais, et que l'homme capable de l'analyser pourrait (la métaphore est de John Keats) détisser un arc-en-ciel. Les traductions et les résumés de ces poèmes dont la vertu fondamentale réside dans la musique sont vaines et peuvent être néfastes ; qu'il nous suffise de retenir, pour le moment, que Coleridge reçut en songe une page d'une splendeur indiscutée.

Le cas, bien qu'extraordinaire, n'est pas unique. Dans son étude psychologique, *The world of dreams*, Havelock Ellis l'a comparé à celui du violoniste et compositeur Giuseppe Tartini, qui rêva que le diable (son esclave) exécutait au violon une prodigieuse sonate ; le rêveur, en s'éveillant, déduisit de son souvenir imparfait le *Trillo del Diavolo*. Un autre exemple classique de travail cérébral inconscient est celui de Robert Louis Stevenson à qui un songe (comme il le rapporte lui-même dans son *Chapter on dreams*) fournit le sujet de *Olalla* et un autre, en 1884, celui de *Jekyll et Hyde*. Tartini voulut imiter à l'état de veille la musique d'un songe ; Stevenson reçut du songe des sujets, c'est-à-dire des formes générales ; plus proche de l'inspiration verbale de Coleridge est celle que Bède le Vénérable attribue à Caedmon (*Historia ecclesiastica gentis Anglorum*, IV, 24). Le cas se produisit à la fin du VIIᵉ siècle, dans l'Angleterre missionnaire et guerrière des royaumes saxons. Caedmon était un rude berger et il n'était plus jeune ; une nuit il quitta furtivement une fête, prévoyant qu'on lui passerait la harpe et se sachant incapable de chanter. Il se mit à dormir dans l'étable, au milieu des chevaux, et dans le sommeil quelqu'un l'appela par son nom et lui ordonna de chanter. Caedmon répondit qu'il ne savait pas, mais l'autre lui dit : « Chante le commencement des choses créées. » Alors Caedmon prononça des vers qu'il n'avait jamais entendus. Il ne les oublia pas au réveil et put les répéter devant les moines du proche monastère de Hild. Il n'apprit pas à lire, mais les moines lui expliquaient des passages de l'histoire sainte, et lui « les ruminait comme un pur animal et les convertissait en vers très doux à entendre, et de cette manière il chanta la création du monde et de l'homme et toute l'histoire de la Genèse et l'exode des enfants d'Israël et leur entrée dans la terre promise, et bien d'autres choses de l'Écriture, et l'incarnation, la passion, la résurrection et l'ascension du Seigneur, et la venue du Saint-Esprit, et l'enseignement des apôtres et aussi l'épouvante du Jugement dernier, l'horreur des peines infernales, les douceurs du ciel et les grâces et les jugements de Dieu ». Il fut le premier poète sacré de la nation anglaise ; personne ne put l'égaler, dit Bède, parce qu'il n'était pas l'élève des hommes, mais de Dieu. Des années plus tard, il prophétisa l'heure de sa mort et il l'attendit en dormant. Espérons qu'il retrouva son ange.

À première vue, le rêve de Coleridge risque de paraître moins étonnant que celui de son précurseur. *Kubla Khan* est une composition admirable et les neuf lignes de l'hymne rêvé par Caedmon ne présentent guère d'autre mérite que leur origine onirique ; mais Coleridge était déjà poète, tandis que Caedmon se vit révéler une vocation nouvelle. Il existe cependant un fait ultérieur, qui grandit jusqu'à l'insondable la merveille du songe où fut engendré *Kubla Khan*. Si ce fait est vrai, l'histoire du rêve de Coleridge est antérieure de plusieurs siècles à Coleridge et n'a pas encore pris fin.

Le poète fit ce rêve en 1797 (selon d'autres en 1798) et publia sa relation du rêve en 1816, en guise de glose ou de justification du poème inachevé. Vingt ans plus tard fut éditée à Paris, partiellement, la première traduction occidentale d'une de ces histoires universelles dont la littérature persane est si riche, l'*Histoire générale* de Rashid-ed-Din, qui date du XIVe siècle. On y lit : « À l'est de Shang Tu, Koublaï Khan érigea un palais, d'après un plan qu'il avait vu en songe et qu'il gardait dans sa mémoire. » L'auteur de ce passage était vizir de

Ghazan Mahmoud, qui descendait de Koublaï. Un empereur mongol, au XIIIe siècle, rêve un palais et le fait bâtir selon sa vision ; au XVIIIe siècle, un poète anglais, qui ne pouvait savoir que cette construction était née d'un rêve, rêve un poème sur le palais. Au regard de cette symétrie qui travaille sur des âmes d'hommes endormis et embrasse des continents et des siècles, il me semble que les lévitations, résurrections et apparitions des livres pieux ne sont rien ou fort peu de chose.

Quelle explication choisir ? Ceux qui par avance rejettent le surnaturel (j'essaie toujours, quant à moi, d'appartenir à ce groupe) jugeront que l'histoire des deux rêves est une coïncidence, un dessin tracé par le hasard, comme les formes de lions ou de chevaux qu'affectent parfois les nuages. D'autres allégueront que le poète apprit, d'une façon ou d'une autre, que l'empereur avait rêvé son palais et prétendit avoir rêvé son poème pour créer une fiction splendide destinée à voiler ou à justifier les défauts de cette rapsodie tronquée[1]. Cette conjecture est plausible, mais elle nous oblige à supposer, arbitrairement, l'existence d'un texte non identifié par les sinologues, où Colerigde ait pu lire avant 1816 le rêve de Koublaï[2]. Plus séduisantes sont les hypothèses qui vont au-delà de la raison. Par exemple, il est permis de supposer que l'âme de l'empereur, une fois le palais détruit, pénétra dans celle de Coleridge pour qu'il le reconstruisît en paroles, plus durables que les marbres et les métaux.

---

1. Au début du XIXe siècle ou à la fin du XVIIIe, *Kubla Khan*, jugé par des lecteurs de goût classique, semblait bien plus désordonné qu'aujourd'hui. En 1884, le premier biographe de Coleridge, Traill, pouvait encore écrire : « L'extravagant poème onirique *Kubla Khan* n'est guère qu'une curiosité psychologique. »

2. Voir John Livingstone Lowes : *The Road to Xanadu*, 1927, p. 358, 385.

Le premier rêve ajouta à la réalité un palais ; le second, qui eut lieu cinq siècles plus tard, un poème (ou un début de poème) suggéré par le palais ; l'analogie des deux rêves laisse entrevoir un dessein ; l'énorme intervalle de temps révèle un artisan surhumain. Vouloir déchiffrer l'intention de cet être immortel ou séculaire serait, peut-être, aussi téméraire qu'inutile, mais il est permis de soupçonner qu'il n'a pas encore atteint son but. En 1691, le P. Gerbillon, de la Compagnie de Jésus, constata qu'il ne restait que des ruines du palais de Koublaï Khan ; du poème nous savons que cinquante vers à peine ont été sauvés. De tels faits permettent d'imaginer que la série de rêves et de travaux n'a pas touché à sa fin. Au premier rêveur fut échue pendant la nuit la vision du palais et il le construisit ; au second, qui ignora le rêve du précédent, un poème sur le palais. Si le schéma se vérifie, quelque lecteur de *Kubla Khan* rêvera, au cours d'une nuit dont les siècles nous séparent, un marbre ou une musique. Cet homme ignorera le rêve des deux autres. Peut-être la série de rêves n'aura-t-elle pas de fin, peut-être la clé est-elle dans le dernier.

Après avoir écrit ce qui précède, j'entrevois ou je crois entrevoir une autre explication. Qui sait si un archétype non encore révélé aux hommes, un objet éternel (pour utiliser la nomenclature de Whitehead) ne pénètre pas lentement dans le monde ? Sa première manifestation fut le palais ; la seconde, le poème. Qui les aurait comparés aurait vu qu'ils étaient essentiellement identiques.

JAMES THURBER Paris, Julliard, 1963.

LA VIE SECRÈTE DE WALTER MITTY

— Nous passerons !

La voix du capitaine était coupante comme un morceau de glace qui se brise. Il était en grande tenue, la casquette blanche, surchargée de galons, inclinée avec désinvolture sur son œil gris et froid.

— Nous ne pourrons pas, monsieur, nous allons vers la tempête.

— Je ne vous ai rien demandé, lieutenant Berg ! dit le capitaine sévèrement. Braquez les projecteurs ! Poussez les moteurs à 8 500 ! Nous passerons !

Le bruit des machines augmenta : pocketa-pocketa-pocketa-pocketa. Le commandant fixait le givre qui se formait sur la vitre du poste de pilotage. Il actionna une manivelle qui commandait une rangée de boutons compliqués.

— Auxiliaire, tournez le 8 ! cria-t-il.

— Auxiliaire, tournez le 8 ! répéta le lieutenant Berg.

— Le 3 à fond ! cria le capitaine.

— Le 3 à fond ! répéta le lieutenant.

Les hommes d'équipage, occupés à diverses tâches, se regardèrent en souriant.

— Le Vieux nous fera passer, le Vieux n'a peur de rien !...

— ... Pas si vite ! Tu vas trop vite, dit Mme Mitty.

— Hein ?... dit Walter Mitty.

Il regarda, hébété, sa femme assise à côté de lui et la dévisagea comme s'il s'agissait d'une étrangère.

— Tu étais presque à cinquante-cinq ; tu sais bien que je n'aime pas rouler à plus de quarante et tu étais à cinquante-cinq !

Walter Mitty continua à rouler en silence vers

Waterbury ; les moteurs du SN 202 grondaient à travers la tempête la plus forte qu'on ait jamais vue dans la Marine depuis vingt ans.

— Te voilà encore énervé, dit Mrs Mitty. C'est ton jour. J'aimerais réellement que le docteur Renshaw t'examine.

Walter Mitty stoppa devant le coiffeur de sa femme.

— Et n'oublie pas d'aller chercher ces caoutchoucs pendant que l'on me coiffe, dit-elle.

— Je n'ai pas besoin de caoutchoucs, dit Mitty d'un air sombre.

Sa femme rangea sa glace dans son sac.

— Assez discuté de ça, tu n'es plus un jeune homme, dit-elle. Pourquoi ne mets-tu pas tes gants ?

Walter Mitty les sortit de sa poche et les mit, mais, dès qu'elle fut entrée dans la boutique, il démarra et, au premier feu rouge, les retira.

— Alors, mon vieux, tu démarres ? dit brusquement un flic quand le feu vira au vert.

Mitty remit précipitamment ses gants et appuya sur l'accélérateur. Il roula pendant quelques minutes sans but dans les rues et passa devant l'hôpital...

[...]

En sortant de la boutique, la boîte de caoutchoucs sous le bras, Walter Mitty cherchait quelle était l'autre chose que sa femme lui avait demandé d'acheter. Elle le lui avait dit deux fois. Au fond, il détestait ces expéditions hebdomadaires à la ville. Il se trompait toujours dans ses achats. Des Kleenex ? pensa-t-il. Des lames de rasoir ? Non. De la pâte dentifrice ? Une brosse à dents ? Du bicarbonate ? Du carborumdum, initiatives et référendum ! Il renonça. Mais elle s'en souviendrait. « Où est donc le machin-chose ? allait-elle dire. Ne me dis pas que tu as oublié le machin-chose ? »

Un marchand de journaux passa en criant quelque chose à propos du procès de Waterbury...

— ... Peut-être que ceci vous rafraîchira la mémoire.

Le District Attorney tendit un lourd revolver vers le banc des accusés.

— Avez-vous déjà vu cet objet ?

Walter Mitty prit le revolver et l'examina d'un œil connaisseur.

[...]

Il regarda sa montre. Sa femme serait prête dans un quart d'heure à moins que le séchage soit défectueux. Cela arrivait quelquefois. Mme Mitty n'aimait pas arriver à l'hôtel la première : elle voulait qu'il l'attende là, comme d'habitude. Il trouva un grand fauteuil de cuir dans le hall, en face d'une fenêtre. Il posa les caoutchoucs et la boîte de biscuits par terre à côté de lui. Puis il prit un vieux numéro du *Liberty* et s'effondra dans le fauteuil.

« L'Allemagne peut-elle conquérir le monde par les airs ? »

Walter Mitty regarda les photos : avions, bombardements...

— ... Le petit Raleigh est touché, monsieur, dit le sergent.

Le capitaine Mitty le regarda à travers ses cheveux ébouriffés.

— Mettez-le au lit, dit-il d'une voix lasse. Mettez-le avec les autres, je volerai seul.

— Mais... vous ne pouvez pas ! dit le sergent, inquiet. Il faut deux hommes pour conduire cet avion et les Fritz tirent de partout ! De plus, Von Richtman a sa base entre ici et Saulier.

— Il faut bien que quelqu'un détruise ce dépôt de munitions, dit Mitty. Je passerai. Une goutte de cognac ?

Il remplit deux verres, un pour le sergent, un

Pont des Arts. Paris 1932. Photo d'André Kertész © Ministère de la Culture, France.
« Il est grand temps que nous quittions cette ville, dit le duc... »

autre pour lui. Autour de l'abri, la guerre grondait et frappait à la porte. Tout à coup, le bois se volatilisa et des éclats volèrent à travers la pièce.

— Un peu court, dit négligemment le capitaine Mitty.

— Le tir se rapproche ! dit le sergent.

— On ne vit qu'une fois, sergent ! dit Mitty avec un sourire fugitif. Et encore !

Il se versa un autre cognac et le but d'un trait.

— Je n'ai jamais vu personne supporter le cognac comme vous, monsieur. Sauf votre respect, monsieur !

Le capitaine se leva et fixa à sa ceinture son énorme Webbley-Vickers.

— Ça fait quarante kilomètres à travers l'enfer, monsieur.

Mitty vida un dernier verre.

— Allons, dit-il. On peut dire ça de tout.

Le grondement du canon augmenta : Ta-ta-ta-ta-ta-ta. Pocketa-pocketa-pocketa. Mitty se dirigea vers la porte de l'abri en fredonnant *Auprès de ma blonde*. Il se retourna vers le sergent et lui fit un signe de la main :

— Adieu !

Il sentit quelque chose qui lui touchait l'épaule.

— Je t'ai cherché partout. Pourquoi te caches-tu dans ce fauteuil ? Comment espérais-tu que je te trouve ?

— Tout est fini, dit Mitty d'un air absent.

— Quoi ? dit Mme Mitty. As-tu acheté le machin-chose... les biscuits pour chiens ? Qu'est-ce qu'il y a dans cette boîte ?

— Les caoutchoucs, dit Mitty.

— Tu ne pouvais pas les mettre dans le magasin ?

— J'ai pensé que... Tu sais que cela m'arrive de penser quelquefois ?

Elle le regarda.

— Je prendrai ta température dès que nous serons rentrés, lui dit-elle.

Ils sortirent par la porte-tambour. Le parking était à deux pas. Devant la pharmacie, elle lui dit :

— Attends-moi, j'ai oublié quelque chose, j'en ai pour deux minutes.

Walter Mitty alluma une cigarette. Il commençait à pleuvoir, une pluie froide, mêlée de neige fondue. Il s'appuya contre le mur de la pharmacie pour fumer sa cigarette. Il avait rentré la tête dans les épaules et joint les talons...

— ... Je n'ai pas besoin de votre bandeau, dit Mitty, plein de mépris.

Il tira une dernière bouffée.

Son sourire fugitif erra sur ses lèvres. Il regarda le peloton d'exécution.

Droit et immobile, fier et hautain, Walter Mitty, l'Invaincu, énigmatique jusqu'à la mort, fit face au peloton qui le mettait en joue.

GABRIEL GARCIA MARQUEZ

LES RÊVES (1)

Ils avaient effectivement contracté la maladie de l'insomnie. Ursula, qui avait appris de sa mère les vertus médicinales des plantes, prépara et fit boire à chacun un breuvage à base d'aconit, mais ils ne trouvèrent pas le sommeil pour autant et passèrent la journée à rêver tout éveillés. Dans cet état de lucidité effrayante et d'hallucination, non seulement ils voyaient les images qui composaient leurs propres rêves, mais chacun voyait en même temps les images rêvées par les autres. C'était comme si la maison s'était remplie de visiteurs. Assise dans son fauteuil à bascule dans un coin de la cuisine, Rebecca rêva d'un homme qui lui ressemblait

Gabriel Garcia Marquez, *Cent ans de solitude*, © Éditions du Seuil, 1968.

beaucoup, habillé de toile blanche, le col de sa che-
mise fermé par un bouton en or, et qui venait lui
apporter un bouquet de roses. Il était accompagné
d'une femme aux mains délicates qui prit une rose
et la mit dans les cheveux de la fillette. Ursula com-
prit que cet homme et cette femme n'étaient
autres que les parents de Rebecca mais, bien
qu'elle fît effort pour les reconnaître, cette vision
confirma sa certitude de ne les avoir jamais ren-
contrés. Cependant, par une négligence coupable
que José Arcadio Buendia ne se pardonna jamais,
les petits animaux en caramel continuaient à se
vendre de par le village. Les adultes comme les
enfants suçaient avec ravissement les délicieux
coquelets verts de l'insomnie, les exquis poissons
roses de l'insomnie et les tendres petits chevaux
jaunes de l'insomnie, si bien que l'aube du lundi
surprit tout le village éveillé. Au début, personne ne
s'inquiéta. Au contraire, tout le monde se félicitait
de ne point dormir car il y avait tant à faire alors à
Macondo que les journées paraissaient toujours
trop courtes. Les gens travaillèrent tellement qu'il
n'y eut bientôt plus rien à faire et ils se retrouvèrent
les bras croisés à trois heures du matin, à compter
les notes de musique de la valse des horloges.
Ceux qui voulaient dormir, non parce qu'ils étaient
fatigués mais pour pouvoir rêver à nouveau, eurent
recours à toutes sortes de méthodes épuisantes.
Ils se réunissaient pour converser sans trêve, se
répétant pendant des heures et des heures les
mêmes blagues, compliquant jusqu'aux limites de
l'exaspération l'histoire du coq chapon, qui était un
jeu sans fin où le narrateur demandait si on voulait
bien qu'il raconte l'histoire du coq chapon, et si on
répondait oui, le narrateur disait qu'il n'avait pas
demandé qu'on lui dise oui, mais si on voulait bien
qu'il raconte l'histoire du coq chapon, et quand on
répondait non, le narrateur disait qu'il n'avait pas
demandé qu'on lui dise non, mais si on voulait bien
qu'il raconte l'histoire du coq chapon, et si tout le

monde se taisait, le narrateur disait qu'il n'avait demandé à personne de se taire, mais si on voulait bien qu'il raconte l'histoire du coq chapon, et nul ne pouvait s'en aller parce que le narrateur disait qu'il n'avait demandé de partir à aucun, mais si on voulait bien qu'il raconte l'histoire du coq chapon, et ainsi de suite, en un cercle vicieux qui pouvait durer des nuits entières.

LES RÊVES (2)

Quand il était seul, José Arcadio Buendia se consolait en rêvant à une succession de chambres à l'infini. Il rêvait qu'il se levait de son lit, ouvrait la porte et passait dans une autre chambre identique à la première, avec le même lit en tête en fer forgé, le même fauteuil de rotin et le même petit tableau avec la Vierge des Remèdes sur le mur du fond. De cette chambre, il passait à une autre exactement semblable, dont la porte livrait passage dans une autre exactement semblable, puis dans une autre exactement semblable, à l'infini. Il aimait aller ainsi de chambre en chambre comme dans une galerie de glaces parallèles, jusqu'à ce que Prudencio Aguilar vînt lui toucher l'épaule. Il s'en retournait alors de chambre en chambre, s'éveillant au fur et à mesure qu'il revenait en arrière et parcourait le chemin inverse, et trouvait Prudencio Aguilar dans la chambre de la réalité. Mais une nuit, deux semaines après qu'on l'eût emmené jusque dans son lit, Prudencio Aguilar lui toucha l'épaule dans une chambre intermédiaire et il y demeura à jamais, croyant que c'était là sa chambre réelle.

VII. DEUX LECTURES EXEMPLAIRES

PIERRE MACHEREY

DIVAGATIONS HÉGÉLIENNES DE RAYMOND QUENEAU

Pierre Macherey, *À quoi pense la littérature ?*, © PUF, 1990.

Kojève [...] donna [...] un « enseignement » qui, s'il est resté confidentiel, a produit à long terme des effets considérables, comme en témoigne cette confidence de G. Bataille : « De 33 (je pense) à 39, je suivis le cours qu'A. Kojève consacra à l'explication de la *Phénoménologie de l'esprit*, explication géniale, à la mesure du livre : combien de fois Queneau et moi sortîmes suffoqués de la petite salle — suffoqués, cloués... Le cours de Kojève m'a rompu, broyé, tué dix fois. » Dans la petite salle sont passés, outre Queneau et Bataille, Lacan, Breton, Merleau-Ponty, Weil, Aron, Klossovski et d'autres, qui firent plus que s'y croiser : ils s'y rencontrèrent dans la découverte, la révélation partagée, d'un nouvel intérêt spéculatif, pour lequel la philosophie hégélienne avait été surtout une occasion, voire un prétexte. Kojève fut un irremplaçable intercesseur parce qu'il assura l'initiation à un langage en grande partie inédit alors, du moins en France, dont les mots clés furent : « désir de reconnaissance », « lutte à mort », « praxis », « négativité », « conscience de soi », « satisfaction » et « sagesse » — mots qui paraissaient venir de Hegel tel qu'il se lisait ou se parlait à travers le commentaire de Kojève. Ce langage fut alors celui de la modernité, et son règne s'imposa pendant plusieurs décennies.

Pour comprendre l'effet singulier produit par l'enseignement de Kojève, il faut se rappeler que celui-ci s'appuyait sur un texte, la *Phénoménologie de l'esprit* de Hegel, alors complètement inédit en français. Dans chaque séance de son cours,

Kojève lisait quelques lignes du texte allemand, et en proposait un commentaire en forme de traduction, ou une traduction en forme de commentaire, dans une langue assez étrange, qui n'était ni tout à fait du français ni tout à fait de l'allemand — en fait c'était du « Kojève » —, et dans un style qui mêlait constamment la spéculation et la narration. Kojève lisait le livre écrit par Hegel comme si celui-ci eût raconté une histoire, dont il donnait sa propre version, en y ajoutant oralement des variations interprétatives. De cette histoire se dégageait une leçon finale, soutenue par une certaine idée de la Sagesse, conscience de soi de l'homme pleinement satisfait parce qu'il est parvenu à se placer au point de vue de la fin de l'histoire, c'est-à-dire de ce « dimanche de la vie » où devaient aussi évoluer les personnages de Queneau. Or entre la forme dans laquelle cette narration s'est fixée — la transcription réalisée par Queneau du commentaire oral donné par Kojève sur le texte écrit par Hegel — et son contenu —, à savoir la conception d'une certaine actualité comme réalisant finalement la destinée humaine dans un empire universel et absolu, dont Kojève, après en avoir d'abord découvert le modèle chez Napoléon, l'attribua ensuite à Staline — il y avait un rapport nécessaire.

En effet toute l'interprétation de Kojève s'appuyait sur le présupposé suivant : Hegel représente, dans l'histoire du monde comme dans celle de la pensée, le moment terminal où se referme le cercle de la réalité humaine qui a accompli toutes ses virtualités et atteint son idéal en l'effectuant concrètement : ce moment coïncide avec l'action exemplaire du dernier héros de l'histoire, après lequel plus rien ne peut plus arriver qui ne figure déjà dans le système global d'où cette histoire tire sa signification rationnelle, telle qu'elle est restituée en totalité dans le discours de la *Phénoménologie*. C'est donc que ce livre est le Livre, en un sens qui fait penser à Mallarmé, lui aussi lecteur de

Hegel — Kojève parlait aussi du « Logos » vers lequel avait tendu toute l'histoire humaine afin d'y trouver sa destination finale, c'est-à-dire à la fois son achèvement et son accomplissement. Alors doit commencer une nouvelle vie pour les hommes : celle-ci n'est plus commandée par le désir de reconnaissance et la négativité qui, au cœur de ce désir, l'avait forcé à se réaliser dans la lutte et par le travail ; mais elle est une existence post-historique, où, pour reprendre le langage de Kojève, à la loi de la *Begierde* (le désir) s'est substituée celle de la *Befriedigung* (la satisfaction), et où la philosophie, qui n'est littéralement que le désir, momentanément inassouvi, de savoir, a basculé dans la sagesse, c'est-à-dire dans l'apaisement du Savoir absolu.

Ces thèmes, sans doute, font allusion à Hegel, et ils semblent s'énoncer avec des mots dont Hegel s'était lui-même servi : mais, chez Kojève, cette référence fonctionnait sur le mode hallucinatoire d'une glose, dont le lieu spécifique se trouvait dans les marges d'un texte qui lui servait surtout de prétexte. En commentant oralement un discours préexistant sous forme écrite, il s'agissait en fait d'en produire un autre, qui doublait le précédent en en déplaçant les caractères, dans une transposition qui en modifiait à la fois l'esprit et la lettre. Kojève, parlant d'après Hegel et après Hegel, c'est-à-dire après la fin de cette histoire qui avait abouti au « Livre » dans lequel tout son développement s'était résumé, n'avait plus en apparence qu'à répéter ce qui s'y trouvait déjà inscrit ; c'est-à-dire qu'il ne lui restait qu'à lire ou à dire entre les lignes de ce texte achevé en lui-même, et renfermant dans les limites de son texte toute la destinée humaine. Le commentaire comme tel, indépendamment même de ce qu'il commentait, car il avait la propriété, apparemment très hégélienne, d'engendrer son propre contenu au cours de son mouvement, était donc l'expression par excellence d'une pensée post-historique, pensée de la finitude, ressassant la fin de l'homme dans les termes de ce qui était accompli. Les philosophes historiques, de Platon à Hegel, avaient écrit des livres : au Sage — tel Kojève qui se plaçait lui-même en ce temps des sages pour qui rien de nouveau ne peut plus arriver —, il restait à parler au sujet de ces livres, rassemblés dans celui qui les comprenait tous, et à en ruminer inlassablement le message. Car la sagesse commence où finit la philosophie.

Dans cette démarche très particulière de Kojève, Queneau a joué un rôle qui n'était pas négligeable, s'il peut paraître subalterne : Kojève parlant comme font les sages, il fallait bien, pour que son discours fût conservé et transmis, l'intervention d'un scribe, qui en conservât l'esprit en le fixant dans une lettre qui lui fût adéquate. Queneau a été précisément ce scribe, rassembleur de notes et de sténographies dont il forma le recueil exhaustif et disparate. C'est ce qu'indique le texte signé par Queneau et placé en tête de l'*Introduction à la lecture de Hegel* : « Ce sont les notes d'une lecture commentée de la *Phénoménologie de l'esprit* que nous publions aujourd'hui, revues par M. Alexandre Kojève, à qui ses occupations actuelles n'ont pas permis d'écrire l'*Introduction à la lecture de Hegel* que nous attendions de lui. » Car les sages sont occupés de tout autre chose que d'écrire : et s'ils font œuvre, c'est en marge de ce qui s'est écrit, dans une forme d'expression indirecte, nécessitant l'intervention d'une main amie, complice mais étrangère, pour se maintenir et se propager.

Toutefois, comme nous allons le voir, Queneau ne s'est pas contenté d'enregistrer le message de la sagesse kojévienne, pour s'en faire le conservateur et, au sens fort, l'éditeur. Mais il se l'est approprié en le transposant aussi dans ses propres œuvres, dans des formes qui restent à analyser.

ALAIN CALAME
LA GNOSE

Temps mêlés - Documents Queneau, n° 150, 17-18-19 avril 1983. Repris aux Éditions du Limon (Montélimar), à paraître courant 1991, © Alain Calame.

LES FLEURS BLEUES :
RIME & CONCORDANCE

« Si nous raisonnons juste, il y a donc deux choses significatrices pour une chose signifiée. »

Joachim de Flore.

[...] À partir des propos fondateurs de Queneau — « On peut faire rimer des situations ou des personnages comme on fait rimer des mots, on peut même se contenter d'allitérations » — l'intérêt est allé à l'esthétique de la rime, à l'objectivité qu'elle assure à l'œuvre, à son caractère conventionnel et arbitraire, à sa gratuité. La focalisation sur le roman-poème tend à s'opérer au détriment du sens, et à élider deux composantes essentielles de la rime : ses conséquences pour la fiction, (et la signification en général), son rattachement à une problématique de la répétition qui, dans le cas de Raymond Queneau, excède sans doute possible le domaine littéraire.

À cela s'ajoute, et c'est le second point, la nature particulière des *Fleurs bleues* : le procédé y atteint à une sorte de fonctionnement absolu, sans précédent. Si les rimes du *Chiendent* demandent souvent à être débusquées, dans *Les Fleurs bleues* elles crèvent (parfois) les yeux. La question, ici, n'est pas tant de vérifier ou de prouver la clôture de l'œuvre, que d'en sortir. Essayons donc.

Méditation sur l'Histoire se formulant par le biais d'un système de rimes, *Les Fleurs bleues* apparaissent (ou peuvent apparaître) comme un avatar contemporain, plus ou moins laïcisé, des thèses autrefois célèbres de Joachim de Flore, mort en 1202. Au regard du roman, ce nom qui réunit les fleurs et les prénoms des deux personnages centraux est déjà un poème. Que les disciples de

Joachim aient en outre fixé l'avènement du règne de l'Esprit à 1260 — quatre ans avant que ne débute le récit — pourrait constituer un indice supplémentaire. Mais c'est avant tout par sa théologie de l'Histoire, reposant sur l'application aux deux Testaments d'une analyse de rimes, que Joachim éclaire *Les Fleurs bleues*.

Ayant défini la concordance comme « une similitude de proportions égales qui s'établit entre le Nouveau et l'Ancien Testament », il écrit : « ainsi, selon ce mode que nous appelons concordance, les personnages des deux Testaments se regardent, semblables d'histoire ; et la ville correspond à la ville, le peuple correspond au peuple, l'ordre correspond à l'ordre, la guerre correspond à la guerre ; et de telles concordances unissent toutes les choses entre lesquelles la raison distingue logiquement une similitude naturelle. Et non seulement la personne correspond à la personne, mais la foule à la foule... » Encore faut-il préciser, pour les « proportions égales » qui fondent la concordance, qu'elles ne le sont qu'« en ce qui relève du nombre et non en ce qui concerne la dignité ». Perspective chrétienne oblige : il y a progrès de l'Ancien au Nouveau Testament, *id est* de l'un à l'autre des éléments (ou des membres) de la concordance. Ceux-ci s'ordonnent chronologiquement et hiérarchiquement, ils forment un couple, au sens mathématique. Et sur le plan sémiologique, un signifiant double, complexe, dont le signifié est l'Esprit. Cela circonscrit, dans *Les Fleurs bleues*, l'usage du concept aux rimes comportant un changement positif, ou même une inversion, un passage du moins au plus. Aussi ne peut-on tenir pour telle la spectaculaire correspondance de « foule à foule » qui se lit en (II, 32) et (IV, 45) ; à Joachim d'Auge tuant « deux cent seize personnes » en 1274 fait écho sept siècles plus tard la queue de « deux cent dix-sept personnes » attendant l'autobus (il y a, cependant, une amélioration, de la première foule occise à la seconde poireautante. Ce n'est pas une simple identité, comme le suggère l'accroissement d'une unité, de l'une à l'autre).

[...]

L'opposition du faste et du néfaste domine la première des concordances majeures : Russule et Lalix. On retrouve ici, soit dit en passant, la stratification biblique, puisque ces deux personnes appartiennent à des époques distinctes, et qu'elles se succèdent dans la fiction comme dans la narration (Russule : VIII-XIII, sa mort est annoncée en XIV ; Lalix : XI-XXI). Toutes deux « fille(s) unique(s) d'un père bûcheron », elles entretiendront avec nos deux héros alternatifs des relations antagonistes, Russule décevra le duc en ne lui donnant pas d'héritier, et le trompera avec Mouscaillot. Lalix, tout au contraire, sera pour Cidrolin la médiatrice (et Queneau l'introduit dans le roman au chapitre XI, médian). Par son prénom, qui désigne un champignon (le duc ne la découvrira-t-il pas dans une forêt ?) et signifie, étymologiquement, « rougeâtre », Russule s'inscrit dans la descendance de Pierre Roux : comme Amette Rousseau (*Un rude hiver*), ou Rojana Pontez (*Loin de Rueil*), ou le « pourpre » et « purulent » Purpulan (*Les Enfants du limon*). Ainsi est-elle, secrètement, du même bord que Mouscaillot. Pour corroborer son affinité avec la couleur rouge : dès leur première rencontre, elle fera rougir le duc (VIII, 103), et elle-même rosira, à une autre occasion (XI, 148). Par ces divers traits, qui ne sont pas les seuls, elle s'intègre à la « clique infernale » (Berbiguier). Bref, la concordance ne fait pas de doute. D'autre part, la donnée du rêve mutuel autorise à interpréter chacune des deux femmes comme la projection onirique, fantasmatique, de l'autre : quand Russule matérialise les appréhensions de Cidrolin devant l'« envoi d'Albert », Lalix incarne les espoirs du duc, sa petite fleur bleue.

[...]

Je terminerai par une rime complète, qu'il est difficile d'ignorer, et qui ne se laisse classer dans aucune des catégories antérieures : elle concerne l'Immeuble, que l'on voit croître, du « trou » originel, jusqu'à l'achèvement, et qui s'effondre au chapitre xx (267) ensevelissant Labal. L'immeuble naît des « débris » (II, 24 et xx, 267) et finalement y retourne. Symbole du temps constructif, il a une extension humaine, le passant, qui apparaîtra et disparaîtra avec lui, et qui ne se fera pas faute de l'opposer (travail/non-travail : XI, 138) aux peintures de Cidrolin.

Chez saint Irénée ou chez Joachim (avec sa théorie des trois Âges qui déploient dans le temps les trois aspects de Dieu), c'est la continuité qui confère à l'Histoire une valeur intrinsèque, en la rendant solidaire des deux paradis qui la bornent, et *Les Enfants du limon* obéissaient à ce schéma. Dans *Les Fleurs bleues*, et même si Irénée est le sixième prénom d'Auge et de Cidrolin, la discontinuité domine : « chute » absente, Rédemption mythique, « chronologie à foudroyantes ellipses » (P. Gayot). L'Histoire n'est pas formatrice, et ne peut faire mieux que de s'éteindre. Il n'y a rien d'hégélien chez le duc d'Auge, dont l'immutabilité de siècle en siècle, et le salut, évoquent étrangement la nature irréversible de l'élection dans la gnose. La grâce remplit dans *Les Fleurs bleues* le rôle en d'autres livres assigné à l'amour et au travail.

VIII. QUENEAU SECRET

QUELQUES EXTRAITS DU *JOURNAL 1939-1940*

Paris, Gallimard, 1986.

Ma méditation sur la « paix profonde ». Ne suis-je point sur cette voie. Cette paix, ne l'ai-je pas déjà un peu atteinte.

Et je ne puis écrire à Janine sans que les larmes ne me viennent aux yeux.

Il est 9 h.

*

4 septembre.
Hier : 9 h 30. Grand messe. Bon sermon s/la parole du Christ : voyez les oiseaux des champs... voyez les lis... qui ne filent ni ne travaillent. Tout ce qu'il a dit je ne pouvais qu'approuver, de mon point de vue. Une centaine d'assistants. Rite.

Toutes sortes de bruits courent. Il y en a qui espèrent que cela s'arrangera encore. D'autres croient qu'ils vont aller en Bretagne instruire les bleus. Quant à moi, j'ai confiance.

Confiance absolue.
En ce que j'aime.
Amour, Connaissance.
Être.
Au-delà. Le transcendant
Il est 10 h.

*

Hier : après-midi, rien. Ce matin : rien. Joué à la belote. Hier soir : bistrot près de la gare.

Grand calme. Pour moi. Grand calme devant l'inconnu complet qui me guette. Ah les projets

243

d'avenir. Il faudra surmonter cela. On peut, on le peut, on le doit.

Inquiétudes sur le sort de Janine et de Jean-Marie vers qui va tout mon amour.

Confiance. Espoir. Force.

Tout seul devant un grand trou noir.

Seul, non. Plus maintenant. Janine.

S'élever. S'élever toujours.

Et puis : ce qui est en haut est comme ce qui est en bas.

Au centre, le transcendant. Ainsi : ne pas faire le malin.

*

Il m'est arrivé de remercier Dieu de mon bonheur — autrefois, en de certains instants. Pourquoi ne le remercierais-je pas de l'épreuve actuelle — couché dans la paille comme Il le fut.

*

Sujets de méditation, vers la fin de la nuit, à l'aube : détachement, patience, remords, séparation, mort, acceptation.

Où est le Tao ? Ici. Ici. Là encore. Et dans cette ordure ? Là aussi.

Chercher ici aussi le divin. L'acceptation de la « réalité ».

Dur chemin.

*

Méditation ce soir sur la PAX PROFUNDA.

Des flammes de nuages, blanches. Un oiseau chante. Un troupeau rentre.

Calme.

*

19 juillet. 10 h 20. Au cantonnement.

Le mot « méditation » ci-dessus n'est pas exact en ce sens qu'il ne s'agit pas de « méditation à l'aide de données sensibles, ou de l'imagination ».

*

19 juillet. 10 h 50.

Ceci encore (de Ste-Thérèse de l'Enfant-Jésus).

« Être petit, c'est ne point se décourager de ses fautes, car les enfants tombent souvent, mais ils sont trop petits pour se faire beaucoup de mal. »

« Voyez les petits enfants. Ils ne cessent de casser, de déchirer, de tomber, tout en aimant beaucoup leurs parents et en étant très aimés d'eux. »

*

Il y a de bonnes choses dans le livre du P. Jaegher. Je comprends mieux mon indigence mentale (expression peut-être peu adéquate). Je suis entré sur la voie spirituelle durant l'été 1935. Je suis parti avec de bons principes, je crois — grâce à Guénon : pas d'exotisme visionnaire, point de désirs du fantastique, et autres vanités. Plus tard j'ai compris tout ce qui se mêlait encore de rationnel à « cela ». Plus tard encore j'ai compris les voies de l'action et de la dévotion. Quand je dis « j'ai compris », je veux dire j'ai entrevu... Rien de plus éloigné que du yoga à la théosophiste sauce et des « écoles de volonté » ; aucun désir d'en tirer quelque « profit ». Et le fait est que je n'en ai tiré aucun profit — Dieu merci.

« Cela » se passe dans la pointe de l'esprit. Je n'en puis rien dire.

OUVRAGES CONSACRÉS
À RAYMOND QUENEAU

Après les présentations de Queneau par Jean Queval (Poètes d'aujourd'hui, Seghers, 1960) et par Jacques Bens (La Bibliothèque idéale, Gallimard, 1962), on a vu la critique proposer des interprétations remarquables, notamment :

Claude Simonnet, *Queneau déchiffré*, Julliard, 1962, réédition Slatkine, 1981.
Paul Gayot, *Raymond Queneau*, « Classiques du XXe siècle », Éditions universitaires, Paris, 1967.

Des numéros spéciaux de revue attirent l'attention :

L'Arc, n° 28, février 1966.
Les Cahiers de l'Herne, 1975.
Europe, n° 650-651, juin-juillet 1983.

Deux revues sont consacrées exclusivement à l'œuvre de Queneau :

Les Amis de Valentin Brû, devenus les *Cahiers Raymond Queneau*.
Temps mêlés-Documents Queneau.

Plus récemment, Jacques Jouet a proposé un *Raymond Queneau*, La Manufacture, 1989.
Pierre Macherey, *À quoi pense la littérature ?*, PUF, 1990.

Alain Calame réunit ses articles aux Éditions du Limon, et Emmanuel Souchier doit donner un Raymond Queneau dans la collection « Les Contemporains », aux Éditions du Seuil (rentrée 1991).

TABLE

DU MÊME AUTEUR

ZAZIE DANS LE MÉTRO.

ŒUVRES COMPLÈTES DE SALLY MARA.

ON EST TOUJOURS TROP BON AVEC LES FEMMES.

LES FLEURS BLEUES.

LE VOL D'ICARE.

Essais

EXERCICES DE STYLE.

BÂTONS, CHIFFRES ET LETTRES.

UNE HISTOIRE MODÈLE.

ENTRETIENS AVEC GEORGES CHARBONNIER.

LE VOYAGE EN GRÈCE.

CONTES ET PROPOS.

Mémoires

JOURNAL 1939-1940 *suivi de* PHILOSOPHES ET VOYOUS.
Texte établi par A. I. Queneau. Notes de Jean-José Marchand.

En collaboration

LA LITTÉRATURE POTENTIELLE. (Folio essais, *n° 95*).

ATLAS DE LITTÉRATURE POTENTIELLE (Folio essais, *n° 109*).

Bibliothèque de la Pléiade

ŒUVRES COMPLÈTES, I.

Hors série Luxe

EXERCICES DE STYLE. *Illustrations de Jacques Carelman et Massin
(nouvelle édition en 1979).*

ZAZIE DANS LE MÉTRO. *Illustrations de Jacques Carelman.*

Grands Textes illustrés

ZAZIE DANS LE MÉTRO. *Illustrations de Roger Blachon.*

Traductions

VINGT ANS DE JEUNESSE, *de Maurice O'Sullivan.*

PETER IBBETSON, *de Georges du Maurier.*

L'IVROGNE DANS LA BROUSSE, *d'Amos Tutuola.*

Dans la collection Folio Junior

RAYMOND QUENEAU UN POÈTE.

   Chez d'autres éditeurs

UNE TROUILLE VERTE.

À LA LIMITE DE LA FORÊT.

EN PASSANT.

LE CHEVAL TROYEN.

BORDS.

MECCANO.

DE QUELQUES LANGAGES ANIMAUX IMAGINAIRES...

MONUMENTS.

TEXTICULES.

L'ANALYSE MATRICIELLE DU LANGAGE.

BONJOUR, MONSIEUR PRASSINOS.